KLEINE REIHE
HANSER

Über dieses Buch: An Deck eines Schiffes auf dem Weg von New York nach Europa sitzt Gustav Mahler. Er ist berühmt, der größte Musiker der Welt, doch sein Körper schmerzt, hat immer schon geschmerzt. Während ihn der Schiffsjunge sanft, aber resolut umsorgt, denkt er zurück an die letzten Jahre, die Sommer in den Bergen, den Tod seiner Tochter Maria, die er manchmal noch zu sehen meint. An Anna, die andere Tochter, die gerade unten beim Frühstück sitzt, und an Alma, die Liebe seines Lebens, die ihn verrückt macht und die er längst verloren hat. Es ist seine letzte Reise.

www.hanser.de

Robert Seethaler

DER LETZTE SATZ

Roman

KLEINE REIHE
HANSER

1. Auflage 2024

ISBN 978-3-446-28295-7

Das Hörbuch erschien 2021 bei tacheles!,
gelesen von Matthias Brandt.

© 2020, 2024 Hanser Berlin in der
Carl Hanser Verlag GmbH & Co. KG, München
Wir behalten uns auch eine Nutzung des Werks für Zwecke
des Text und Data Mining nach § 44b UrhG ausdrücklich vor.
Umschlag: Peter-Andreas Hassiepen, München
Motiv: © akg-images/IMAGNO/Archiv Seemann
Satz: Sandra Hacke, Dachau
Druck und Bindung: CPI books GmbH, Leck
Printed in Germany

DER LETZTE SATZ

Den Kopf gesenkt, den Körper in eine warme Wolldecke gewickelt, saß Gustav Mahler auf dem eigens für ihn abgetrennten Teil des Sonnendecks der *Amerika* und wartete auf den Schiffsjungen. Das Meer lag grau und träge im Morgenlicht. Nichts war zu sehen außer dem Tang, der in schlierigen Inseln an der Oberfläche schwamm, und einem überaus merkwürdigen Schimmern am Horizont, das aber, wie ihm der Kapitän versichert hatte, absolut nichts bedeutete. Er saß auf einer Kiste aus Stahl, mit dem Rücken an die Wand eines Deckcontainers gelehnt, und spürte das dumpfe, gleichmäßige Hämmern der Schiffsmotoren unter sich. Auf der Kiste lag eine Rolle Tau, aus der ein Eisenhaken ragte. Der Haken war an der Spitze angerostet, das Tau ausgefranst und schwarz vom Öl. Jemand hatte ihm vom Duft des Meeres erzählt, aber es roch nach nichts. Hier draußen gab es nur den Geruch von Stahl und Maschinenöl und den Wind, der von Norden kam und sich nie zu drehen schien. Mahler mochte den Wind. Er hatte den Eindruck, er wehe ihm dumme Gedanken aus dem Kopf.

Vom Hinterdeck kam der Junge mit dem Tee. Er balancierte das Tablett auf einer Hand und ließ die andere über die Reling gleiten. Mahler sah zu, wie er Kanne und Tasse, beide aus feinem, weißblauem Porzellan, sowie einen Zuckerstreuer und ein Silbertellerchen mit Keksen auf der Kiste drapierte. Die Bewegungen des Jungen waren steif und verhalten wie die eines alten Mannes, doch sein Gesicht war kindlich und glatt.

»Wie lange fährst du schon zur See?«, fragte Mahler.

»Es ist mein erstes Jahr, Herr Direktor«, antwortete der Junge.

»Ich bin kein Direktor, also lass das«, sagte Mahler. »Und nimm die Kekse wieder mit!«

Der Junge nickte.

»Wenn Sie mich jetzt nicht mehr brauchen.«

Mahler schüttelte den Kopf, und der Junge ging. In der Kanne schwammen winzige dunkle Blättchen, dabei hatte er russischen Weißen bestellt. Irgendjemand hatte ihm erzählt, dass weißer Tee die Seele beruhigt. Das war natürlich Unsinn, doch manchmal war es nützlich, an solche Dinge zu glauben.

Der Tee war heiß, und er trank langsam. Das war das Einzige, was er heute zu sich nehmen würde. Er fühlte schon lange keinen Hunger mehr, vielleicht würde er morgen wieder essen.

Der stählerne Rumpf unter ihm knarrte und die Griffläufe an der Reling vibrierten. Er glaubte, den

Schrei einer Möwe zu hören. Aber das kann nicht sein, dachte er. Sechs Tage auf hoher See und weit und breit kein Land. Oder doch? Er würde später den Kapitän fragen oder den Jungen.

Einmal hatte er eine einzelne Möwe weiß und klein auf den Wellen schaukeln gesehen. Das war im Hafen von New York gewesen, er saß in einer grell ausgeleuchteten Baracke der Zollbehörde, und während die Beamten ihn über Zweck und Dauer seines Aufenthaltes befragten, blickte er immer wieder aus dem verstaubten Fenster über den Hafen hinaus. Zum Schluss wurde er gezwungen, einen ganzen Stoß Papiere zu unterschreiben, und als er danach wieder hinaussah, war die Möwe verschwunden.

Er musste an den Sommer vor drei Jahren denken. Eines Nachmittags war er von den Dielen hochgesprungen, auf denen er zwei Stunden lang still gelegen und den pulsierenden, in allen Farben leuchtenden Schmerz in seinem Kopf beobachtet hatte. Einige Sekunden stand er schwankend im Raum, ehe er zum Schreibtisch taumelte, eines der von ihm eigenhändig mit Linien bemalten Notenblätter aus der Schublade riss und hastig zu kritzeln begann. Ein Vogel hatte gerufen, in der Fichte hinter dem Komponierhäuschen. Sicher einer dieser kleinen rotbraunen, die man kaum je zu Gesicht bekam und die von den Einheimischen Abholer genannt wurden, weil sie angeblich die See-

9

len der Gestorbenen heimbrachten. Der Ruf bestand aus drei einzelnen Tönen, die im Gegensatz zum Äußeren des Vogels nichts Fröhliches oder Liebliches hatten, sondern einfach nur gemein klangen. Spöttisch, heiser und abgerissen – aber eben genau richtig. Es waren die Töne, die er so lange vermisst hatte, ohne sie eigentlich je zu suchen. Jetzt waren sie da. Er musste sie bloß festhalten. Eine Quart und eine kleine Terz aufwärts. Spöttisch und gemein. Dann Abbruch. Und noch einmal. Und noch einmal. Was folgte, war klar: abwärts und wieder hoch und weiter und immer so weiter. Er hätte mehr von der amerikanischen Tinte mitnehmen sollen, dachte er. Die hiesige taugte nichts. Sie war zu dünn und tropfte von der Federspitze, ehe diese noch das Blatt berührte. Aber egal, Tropfen, Flecke, das ganze Geschmiere, er würde es sowieso ins Reine schreiben müssen, später, am Abend, in der Nacht, jetzt hieß es dranbleiben. Was zählte, war der Vogelruf, sonst nichts.

Er schrieb schnell, es fühlte sich gut und leicht an. Himmelherrgott, dachte er, lass es nicht aufhören. Nicht, ehe es zu Ende ist.

Nach drei Stunden fiel ihm die Feder aus der Hand, sein Nacken war steif, und in der Schulter saß ein stechender Schmerz, der wie eine hart gespannte Geigensaite bis in die Fingerspitzen zog. Ich wünschte, ich könnte noch eine Weile weitermachen, dachte er. Wer weiß, ob es wiederkommt, man kann es niemals wissen. Doch für diesmal war es vorbei.

Er sah auf und war erstaunt, wie hell es war. Durchs Fenster schien die Sonne und legte Lichtbalken voller schwebender Stäubchen in den Raum. Seine Augen brannten, er blinzelte. Vor ihm lag ein Haufen beschriebener Notenpapiere. Das würde er sich abends am Klavier ansehen oder morgen, vielleicht konnte man es gebrauchen. Doch auch das war nicht sicher.

Er stieß sich mit beiden Händen von der Stuhllehne ab und ging zum Tisch, auf dem eine Karaffe mit Wasser stehen sollte, aber eben nicht stand. Alles wie immer, dachte er. Unachtsam, vergesslich, vertrottelt, die Bauersleute, Alma, das Mädchen, er selbst. Ich hätte die Karaffe schon am Morgen füllen sollen, dachte er. Oder gestern Abend. Das Wasser wäre jetzt warm und abgestanden, aber wenigstens gäbe es welches.

Er warf noch einen letzten Blick auf das Durcheinander auf der Schreibtischplatte, zögerte einen Moment, dann trat er ins Freie.

Draußen war es heiß, der Himmel strahlte in wolkenlosem Blau, aber erst in der Nacht hatte es geregnet und die Wiesen und Wälder standen in saftigem Grün. Die Luft war erfüllt vom Geschwirr der Insekten. Eine Kuh brüllte. Sicher die trächtige, die mit dem schwarzen Stern an der Stirn, dachte er. Vielleicht war es heute so weit. Auf der Straße nach Toblach rannten Kinder. Ihre Füße wirbelten Staub auf und ihr Lachen und Kreischen war bis hierher zu hören. Auf dem Schlüsselbrett, das ihm ein Mann aus dem Dorf an den Türstock genagelt hatte und auf dem für gewöhnlich der Schlüssel, manchmal auch ein Telegramm oder eine Nachricht aus dem Haus lagen, saß eine Heuschrecke und zitterte mit den Flügeln.

Noch heute, fast drei Jahre später, sah er das Bild des Tieres vor sich: seine mit Knoten und Haaren besetzten Beine, den Nackenpanzer und den Kopf mit den glänzenden, starren Augen.

Die Stimme des Bootsmannes riss ihn aus den Gedanken. Jeden Morgen rief er auf dem Achterdeck seine Matrosen zum Appell und gab Befehle. Sein abgehacktes Geschrei ging eine Weile, dann war wieder nur das gleichmäßige Pochen der Motoren und das Rauschen der Bugwellen zu hören.

Mahler lehnte den Kopf zurück. Er war durstig, sein Mund war trocken und seine Zunge fühlte sich an wie ein Stück Holz, doch er wusste, der Tee würde den Durst nicht stillen.

Es muss schrecklich sein, zu verdursten, dachte er. Aber jedes Sterben ist schrecklich. Wie hättest du es gerne?

Er dachte an den Hof, der hoch am Hang unter den Fichtenwäldern lag, ruhig und einsam, mit weitem

Blick übers Tal. Zu Beginn jenes Sommers war allerdings von diesem Blick lange nichts zu sehen gewesen. Die Wolken hingen tief, es schüttete unaufhörlich und er verbrachte ganze Tage im Bett und lauschte dem Wasser, das die Schindeln vom Dach riss und das Gemüse aus den Beeten schwemmte. An Arbeit war nicht zu denken, der Weg zum Komponierhäuschen war ein Sturzbach, und ihm kam es so vor, als sei es drinnen kälter als draußen. Der Spiritusofen war zu klein, durch die Ritzen im Dach tropfte moosgrünes Wasser und die Feuchtigkeit kroch in alle Glieder und verstimmte das Klavier. Also blieb er im Bett. Er liebte sein Bett. Das Holz knarrte behaglich unter jeder seiner Bewegungen, die Daunendecken waren dicker und die Matratzen weicher als in der Stadt, und manchmal hatte er kurz vor dem Einschlafen das angenehme Gefühl, sein Körper würde verlorengehen in der wolkenweichen Tiefe. Allerdings war sein Schlaf auch hier weder fest noch lang. Seit er sich erinnern konnte, wälzte er sich durch die Nächte. Er träumte viel, und obwohl er sich an seine Träume am nächsten Morgen kaum erinnern konnte, hinterließen sie in ihm ein seltsam verstörendes Gefühl, das ihn noch lange in den Tag hinein begleitete. Oft lag er wach. Er hörte Geräusche in den Wänden, ein Knacken oder Knistern. Dann stand er auf, ging im Zimmer umher und suchte nach Ursachen. Er grübelte und sorgte sich. Er dachte an die Musik. In der Dunkelheit konnte er ihre Anwesenheit fühlen, als sei sie ein Lebewesen, das atmete und dessen gewichtsloser Körper sich immer weiter ausdehnte, bis er das ganze Zimmer auszufüllen schien.

Gustav Mahler ist ein flackerndes Flämmchen im Sturm der eigenen Verzweiflung. Das hatte irgendein Wiener Schmierfink über ihn geschrieben, das »Flämmchen« bezog sich natürlich auf seine zarte Physiognomie und die Körpergröße von gerade einmal eins sechzig. Er hatte laut aufgelacht und die Zeitung anschließend in Stücke gerissen. Insgeheim aber war ihm klar, dass der Schmierfink recht hatte. Er war noch nicht einmal fünfzig Jahre alt und eine Legende: der größte Dirigent seiner Zeit und vielleicht aller Zeiten, die noch kommen mochten. Doch diesen Ruhm bezahlte er mit dem Desaster eines sich selbst verzehrenden Körpers.

Er hatte sich nie gesund gefühlt. Es lag in der Familie: Von den dreizehn Geschwistern starben sechs im frühen Kindesalter, insofern konnte man das Kind Gustav schon als Überlebenden bezeichnen. Seit seiner Schulzeit litt er unter Migräne, Schlaflosigkeit, Schwindelanfällen, entzündeten Mandeln, schmerzenden Hämorrhoiden, einem gereizten Magen, einem unruhigen Herzen. Er biss auf den Innenseiten seiner Wangen herum, bis sie bluteten, er fuchtelte

mit den Händen und stampfte beim Dirigieren, bis-
weilen auch während des Stehens oder Gehens, un-
kontrolliert mit dem Fuß in den Boden. Manchmal,
wenn er mit geschlossenen Augen im Bett lag, ließen
ihn seine überreizten Glieder nicht zur Ruhe kommen, dann stand er wieder auf und begann in der
Dunkelheit hin und her zu gehen.

»Sie sollten sich ausruhen«, hatte ein befreundeter
Arzt vor Jahren zu ihm gesagt. »Am besten ein Leben
lang.«

»Danke«, hatte er geantwortet und das Honorar
bezahlt, dann war er gegangen. Er redete sich ein, dass
ein Körper, der imstande war, so viele Versehrtheiten
und Krankheiten in sich zu tragen, von Grund auf
stark sein müsse. Und vielleicht war es ja tatsächlich
so. Jedenfalls hatte er diesen Arzt nicht wieder aufge-
sucht, die Freundschaft war beendet.

Das Ende der kalten Tage war mit dem Föhn gekommen. Anfang Juli fiel der Wind von den Dolo-
mitenkämmen und brachte Licht und Wärme ins Tal.
Mahler saß mit bloßen Füßen im taunassen Gras vor
dem Haus, trank Milch und aß saftige, an der Krus-
te schwarz gebrannte Brotkanten ohne Aufstrich. Er
mochte die Hofbutter nicht, er misstraute ihrem mat-
ten, gelblichen Glanz in der Morgensonne und fand
außerdem, dass sie ein wenig nach Jauche schmeckte.
Anstatt sie sich aufs Brot zu schmieren, fettete er seine

Wanderschuhe damit ein. Dann ging er in den Ort, ließ sich beim Grobschmied vier doppelt gerahmte Fliegengitter fürs Schlafzimmer anfertigen und bestellte am Hof des alten Karnerbauern einen Handtrog voll frischer, glattgestrichener, nach Heu und Kräutern duftender Rahmbutter.

Die Wärme tat seinen Gliedern gut, er fand wieder Gefallen an der Bewegung. Er wanderte übers Tal nach Aufkirchen und Radsberg oder in südlicher Richtung zum Toblacher See, über dessen schwarzer Oberfläche die Regenbogenlibellen schwirrten, und weiter durch die lichter werdenden Wälder bis hinauf zum Lungkofel. Am Wegrand kickte er die Köpfe von den Löwenzahnstängeln und auf den Wiesen pfiff er die Vogelstimmen nach. Er liebte die Vögel und kannte viele mit Namen. Wenn er ihre Namen nicht kannte, gab er ihnen welche. Er nannte sie Einsinger, Schwarzhäubchen oder Wilde Dirn.

Er begann wieder zu arbeiten. Das Komponierhäuschen war mittlerweile trocken, überall auf dem Boden, auf dem Schreibtisch, dem Abstellhocker und dem Klavier lagen auf losen Blättern notiert halbfertige Partituren für die New Yorker Philharmoniker, und mit Ende des Sommers würde er das Lied von der Erde vollendet und die Neunte in eine brauchbare Fassung gebracht haben.

Der Anfang war jedenfalls gemacht. Die Heuschrecke saß da und rührte sich nicht mehr, Mahler ging zum Hof hinunter und durch die offene Tür ins Haus. Die Wände des alten Gebäudes waren dick wie die Mauern einer Burg, und drinnen war es angenehm kühl. Er stand im Flur und lauschte einen Augenblick in die steinerne Stille hinein. Dann zog er seine Schuhe aus und ging in Strümpfen die knarrende Treppe hinauf.

Als er ins Zimmer kam, saß Alma schon da. Der Tisch war gedeckt: die Suppe, das Brot, ein Glas Wasser und zwei kleine rote Sommeräpfel, glänzend und ohne Flecken. Bestimmt hatte sie die Äpfel eigenhändig ausgesucht, gewaschen und geputzt, dachte er. Und jetzt sitzt sie da und wartet, so wie sie seit ihrer Kindheit auf irgendetwas oder irgendwen wartet, während das Leben an ihr vorüberzieht. Das sagte sie zumindest oft, wenn sie von ihrem »halbgelebten Leben« sprach.

Er konnte seine Frau in dieser Hinsicht nicht ernst nehmen, und im Grunde hielt er sie für ein bisschen verrückt, zumindest was die Einschätzung ihrer eigenen Person betraf. Sie war neunundzwanzig, kein Mädchen mehr, aber noch lange nicht alt. Immer noch galt sie als die schönste Frau Wiens, genauso schön und begehrenswert wie vor einigen Jahren, als sie von den unterschiedlichsten Männern umflattert wurde wie eine Nachttischlampe von Holzmotten.

»Du kommst spät«, sagte sie. »Die Suppe ist kalt.«

»Das macht nichts«, sagte er und setzte sich. »Ich mag sie auch so.«

»Du mochtest deine Suppe noch nie kalt.«

»Die Suppe ist weder heiß noch kalt. Sie ist genau richtig.«

»Was ist los mit dir?«

»Nichts.«

»Möchtest du nicht mit mir reden?«

»Doch, schon.«

»Dann mach es einfach.«

»Ich arbeite.«

»Woran arbeitest du?«

»An der Neunten.«

»Und?«

»Und was?«

»Kommst du voran?«

»Ich weiß nicht. Ich habe einen Vogel gehört.«

Er tippte mit den Fingerspitzen ein paar Krümel von der Tischdecke und sah zum Fenster hinaus, wo seine Tochter Anna mit den Bauernkindern durchs Gras lief. Sie war barfuß, dabei hatte man ihr tausendmal eingebläut, dass sie die Schuhe anbehalten solle. Die Erde war immer noch feucht unter den Bäumen.

Sie ist eigensinnig wie ihre Mutter, dachte er. Aber ich habe Glück. Dort draußen läuft ein Glück im Gras herum, und hier drinnen sitzt ein anderes mit mir am

Tisch. Ich habe alles, was ich mir wünsche. Ich bin ein glücklicher Mann.

Er blickte Alma an. Ihr Gesicht. Die Mulde an ihrem Kinn, in die er manchmal eine Fingerspitze legte. Das Zucken ihrer Lider. Sie hatte die Angewohnheit, die Augen zu schließen, wenn sie den Löffel in den Mund steckte. So muss sie schon als Kind ausgesehen haben, dachte er. Als kleines Mädchen.

Nach dem Essen saßen sie noch eine Weile auf der Eckbank unter dem hölzernen Jesus mit seinen von den Nägeln angerosteten Hand- und Fußgelenken. In Almas Schoß lag *der Waldbauernbub* von Peter Rosegger. Mahler mochte das Buch, er hatte es ihr eines Morgens mit einem Ahornblatt als Lesezeichen aufs Kopfkissen gelegt, doch sie hielt es für dumm und Rosegger für einen etwas beschränkten, gefühlsduseligen Mann, der Heimat mit bloßer Herkunft verwechselte. Im Zimmer schwirrten Fliegen. Es liegt an den Gittern, dachte Mahler. Sie sind schlecht. Falsch zugeschnitten, unsachgemäß gerahmt, überall Löcher und Ritzen. Wahrscheinlich war das Drahtgeflecht bloß genagelt und nicht verschraubt oder wenigstens verklebt. Die nadeldünnen Nägel lösen sich im Holz und die Insekten finden ihren Weg noch durch die schmalsten Lücken.

Er dachte an die Arbeit. Er war auf einem guten Weg mit der Neunten, aber auch nicht mehr. Alles war immer nur auf dem Weg. Vor allem er selbst. Arbeiten hieß Überarbeiten. Oft hatte er seine Stücke, kaum fertiggestellt, wieder verworfen, gestrichen, zerrissen, nur um gleich wieder von vorne anzufangen. Der Schöpfergeist, von dem an der Oper und in den Wiener Künstlerkreisen andauernd die Rede war, stellte sich meistens bloß als Einflüsterer falscher Vorstellungen und irriger Ideen heraus. Er verließ sich lieber auf sein Gehör und noch mehr auf seinen Fleiß. Man musste den Dingen zuhören und sich dann auf seinen Hintern setzen und arbeiten, das war das ganze Geheimnis.

Als Dreijähriger hatte er einmal eingezwängt zwischen den Eltern in der Synagoge gesessen und den Gesängen der Gemeinde gelauscht. Es war ein eiskalter Tag, durch die Fenster fiel dämmriges Winterlicht und bildete zusammen mit dem Atemhauch und den falschen Tönen der Sänger eine Atmosphäre des Grauens. Auf dem Höhepunkt des Kaddisch hielt er es nicht länger aus. Er sprang auf, stieß mit beiden Fäusten in die Luft und unterbrach den Gesang mit lautem Schreien. Mitten in die eingetretene Stille hinein begann er zu singen, und zwar das alte böhmische Lied »At'se pinkl házi«. Die Stimme des Kindes klang unerhört und einsam in dem kalten, hohen Raum.

Mahler lauschte. Im Zimmer war nichts mehr zu hören. Es war, als hätten sich selbst die Fliegen der

Trägheit des heißen Nachmittags hingegeben. Sie waren verschwunden. Vielleicht, dachte er, haben sie sich drüben im Komponierhäuschen zu einem Schwarm versammelt, aus dem sich immer wieder kleinere Schwärme lösen und auf den leeren Blättern Formationen bilden, eine krabbelnde, schwirrende, summende, sich selbst immer wieder neu erschaffende Partitur aus beflügelten Noten.

Die Vorstellung gefiel ihm. Aber auch die Wirklichkeit war gar nicht schlecht. Am Anfang des dritten Satzes hatte es gehangen, doch der Vogel hatte ihm unverhofft die Lösung beschert. Es beginnt mit einem Spaß, einem grausigen Scherz. Ein dummer, gemeiner Ruf aus dem Dunkel, dazu andere Stimmen, noch dümmer und bösartiger, dann Schritte, Tanz- und Marschschritte, ein Trampeln und Taumeln, ein Rennen und Stürmen, ein trunkenes, blindes Sichhineinwerfen in einen Lebensstrudel, der nur zum Abgrund führen kann.

Er lachte leise. Gleichzeitig schauderte es ihn. Auf einmal war es hier drinnen zu eng, der gepolsterte Stuhl zu weich, die Luft zu stickig, und die Fliegen schienen nun doch zurückgekehrt zu sein. Und in diesem Moment kommt ihm ein Gedanke oder die Vorform eines Gedankens, vielleicht nur so etwas wie eine Ahnung: ein Doppelschlagthema im Aufstieg zum Fortissimo und dann im Abstieg ins Pianissimo und immer weiter, langsam und noch langsamer auströpfelnd, versiegend ins Unhörbare. Er öffnet die Augen und starrt seine Frau an, der das Buch aus dem Schoß gerutscht und auf den Boden gefallen ist.

»Ich glaube, ich hab's«, sagt er, »es ist eine Auflösung. Ein Verstummen in der Ewigkeit.«

Doch Alma antwortet nicht, sie schläft.

Mahler fröstelte, eine leichte Brise war aufgekommen. Vielleicht machte die *Amerika* Fahrt, um Zeit gutzumachen. Aber welche Zeit? Das Meer lag immer noch still. Er hätte gerne Fische gesehen. Man hatte ihm von Fischen mit silbernen Flügeln erzählt, die die Oberfläche durchstießen und über Hunderte von Metern durch die Luft segelten. Manchmal wurden sie von Möwen erwischt und noch im Flug gefressen. Doch hier gab es keine fliegenden Fische und auch keine Möwen. Es gab nur das Wasser und vierzigtausend Tonnen Stahl. Vielleicht war das mit den fliegenden Fischen nur ein Märchen.

Er hob mühsam seine Beine und zog die Wolldecke fester. Die kühle Luft hier draußen tat ihm gut, er war jetzt fieberfrei. Doch das Fieber würde wiederkommen. Und mit ihm die Schmerzen und die Fantasien. Der Tee war kalt geworden. Er läutete mit der kleinen Handglocke, und wie immer wunderte er sich, dass nur wenige Augenblicke später der Junge auftauchte.

»Du kannst sie unmöglich gehört haben bei dem Wind«, sagte er.

»Hab ich aber«, sagte der Junge.

Mahler betrachtete ihn. In seiner Uniformjacke

und der Mütze kam er ihm vor wie ein verkleidetes Schulkind.

»Hast du einmal fliegende Fische gesehen?«, fragte er.

»Ja, man sieht sie ständig.«

»Ich nicht.«

»Das tut mir leid.«

»Das muss dir nicht leidtun.«

»Doch, es ist das Schönste, was man hier draußen zu sehen kriegt.«

»Ich dachte, das ist der Sonnenaufgang.«

»Der Sonnenaufgang und die fliegenden Fische«, sagte der Junge. »Die Älteren sagen, es sind die Seelen der Ertrunkenen. Sie können sich nicht mit der Dunkelheit abfinden und suchen das Licht.«

»Und wenn sie es gefunden haben, werden sie von den Möwen gefressen.«

Der Junge zuckte mit den Schultern.

»Glaubst du die Geschichte mit den Ertrunkenen?«, fragte Mahler.

»Ich denke, es sind einfach nur Fische«, sagte der Junge. »Aber sicher bin ich mir nicht. Wer weiß schon, was da unten vor sich geht.«

Mahler blickte über die See, die immer noch grau und leer dalag. Ja, wer weiß das schon, dachte er. Blödsinnige Gedanken.

»Kann ich noch etwas für Sie tun, Herr Direktor?«

»Ja. Wirf mich ins Meer.«

»Ich weiß nicht, ob ich Sie recht verstanden habe?«

»Schon gut. Bring mir noch einen Tee.«

»Selbstverständlich, Herr Direktor!«

Der Junge ging, und Mahler dachte an Alma und die kleine Anna. Bestimmt saßen sie unten schon beim Frühstück. Anna war sechs Jahre alt und liebte die dunkle, bitter schmeckende Marmelade, die es nur auf den großen Schiffen und in Hotels gab. Kein Kind mochte diese Marmelade, doch Anna konnte nicht genug davon kriegen. Sie schmierte sich daumendicke Schichten aufs Brot und lachte übers ganze Gesicht, wenn sie hineinbiss. Dabei lachte sie sonst nicht oft. Sie hatte einen Blick für das Schöne, aber sie betrachtete die Welt mit Ernst und einer gewissen inneren Distanz. Sie war voller Gedanken und eigenwilliger Ideen. Manchmal saß sie im Garten und bastelte aus Hölzchen und Grashalmen winzige Musikinstrumente, auf denen sie den Insekten das Spielen beibrachte. Im Winter begann sie an manchen Tagen plötzlich zu weinen, und wenn man sie nach dem Grund ihrer Traurigkeit fragte, blieb sie stumm.

Sie war anders als ihre Schwester Maria, die in diesem Jahr neun geworden wäre. Mahler musste an den Tag denken, an dem er Maria zum ersten Mal in seinen Armen gehalten hatte. Sie kam ihm unglaublich leicht vor. Es war, als hätte ihm jemand ein Stoffbündel überreicht. Dieses Geschöpf auf seinem Arm war ihm fremd und zugleich wunderte er sich über die Liebe, die er dafür empfand.

Der erste Schrei hatte ihn mit Entsetzen erfüllt. Doch als man ihn ins Zimmer rief und er das Gesicht des Arztes sah, fühlte er sich so froh und erleichtert wie nie zuvor in seinem Leben. Alma lag im Bett und blickte zum Fenster hinaus, über dessen Rahmen der wilde Efeu wucherte. Die Wärterin beugte sich über sie und machte ihr mit dem Daumen ein Zeichen auf die Stirn. Der Arzt sagte, es sei eine Steißgeburt, aber jetzt sei es vorbei und alles gesund. Er wusste noch, dass er laut loslachte und etwas sagte, doch er konnte sich nicht mehr erinnern, was.

Später hatten alle um das Bett herumgesessen und niemand konnte den Blick von dem winzigen Gesicht abwenden, das wie eine verschrumpelte rote Frucht zwischen den weißen Tüchern lag. Daneben Alma mit ihren offenen, langen Haaren um den Kopf und ihren Händen, die schwer und bewegungslos auf der gehäkelten Überdecke lagen. Noch nie war sie ihm so schön vorgekommen. Und noch nie hatte er sich so überflüssig gefühlt. Er versuchte, gute Laune zu verbreiten, machte Witze über die faltigen Lider und den Nabel, der wie ein Zipfel vom Bauch abstand. Er sagte, das Zipfelchen sei vorne rausgekommen, weil man ihr hinten zu fest auf den Hintern gehauen habe.

Alle lachten, auch Alma, und er selbst lachte am lautesten. Die Wärterin sagte, ihre Zehen hätten sich bewegt wie Finger, als sie sie rausholte. Als hätte sie zur Begrüßung mit ihren winzigen Zehen gewinkt.

»Jetzt ist sie hier«, sagte die Wärterin. »Und wird auch nicht mehr so bald gehen.«

Maria war ein fröhliches Kind. Mahler erinnerte sich, mit welcher Ausgelassenheit sie in den See sprang und lachend und prustend mit ihren dünnen Armen im Wasser planschte. Einmal hatte er sie schwimmend fast bis zur Mitte des Sees getragen. Sie klebte wie ein Frosch an seinem Rücken, die Arme um seine Brust geschlungen, ihre Wange an seinen Nacken geschmiegt. Ihr völliges Vertrauen und ihr kleiner, leichter Körper auf seinem Rücken rührten ihn und er hätte heulen können vor Glück, wenn ihn das Schwimmen nicht so angestrengt hätte. Manchmal hörte er sie in seinem Rücken leise lachen, doch er fragte nicht, was sie sah oder woran sie dachte. Er schwamm einfach immer weiter und es kam ihm so vor, als wären sie beide die einzigen Menschen auf der Welt.

Als sie ans Ufer zurückkamen, empfing Alma sie mit Tränen und Gezeter. Sie sagte, er wäre der unverantwortlichste Mensch, der je auf Erden gelebt hätte. Nicht genug, dass er alleine immer zu weit hinausschwimme auf diesen verfluchten See, müsse er nun auch noch das Kind mit sich tragen und damit die

Existenz einer ganzen Familie riskieren? Was habe er sich eigentlich dabei gedacht? Wahrscheinlich nichts. Natürlich nicht. Einfach die kleine Tochter auf den Rücken und ab ins Wasser. So war er: gedankenlos und dumm. Der berühmte Gustav Mahler, ein gedankenloser, dummer Mensch, der für ein paar verplanschte Augenblicke das Glück und das Leben seiner Liebsten aufs Spiel setzte. Sie schimpfte noch den ganzen Tag. Erst als die Mädchen längst schliefen und sie zusammen auf dem Balkon saßen und über den See blickten, der still in der Abenddämmerung lag, hatte sie sich wieder beruhigt.

»Du bist ein Dummkopf«, sagte sie. »Und ich liebe dich. Versprich mir, dass du es nicht mehr tust.«

»Ich verspreche es«, sagt er.

Das war fast genau ein Jahr bevor Maria starb. Eines Tages klagte sie über Halsschmerzen. Sie fröstelte und bekam Fieber. Ihre Schwester Anna war ein paar Tage zuvor an Scharlach erkrankt und wegen der Ansteckungsgefahr zu den Großeltern gebracht worden, wo sie sich schnell erholte. Wenige Tage später erkrankte Maria. Es war die Diphtherie, doch der Name der Krankheit hatte keine Bedeutung. Ihr Todeskampf dauerte zehn Tage, sie starb an einem frühen Morgen. Mahler lief in den Wald und weinte und schrie. Als er zurückkam und sich zu Alma und ihrer Mutter setzte, die sich wie verängstigte Tiere aneinandergedrückt hatten, war etwas erstarrt in ihm. Stumm und mit weit aufgerissenen Augen saß er da und sah zum Fenster hinaus.

Vier Jahre waren seitdem vergangen, doch die Erinnerung daran war so deutlich, dass es ihm vorkam, als könne er Marias Stimme hören, ihren gurgelnden, rasselnden Atem in jenem Zimmer in dem Haus am See.

Er richtete sich auf und griff zur Glocke, doch er läutete nicht. Was hätte er dem Jungen sagen sollen? Er trank einen Schluck vom Tee, der stark und süß schmeckte, dann lehnte er sich wieder zurück. Denk nicht daran, dachte er. Es ist nicht richtig, an den Tod zu denken. Der Tod ist ein Nichts. Denk an die fliegenden Fische. Wann würden sie sich endlich zeigen? Wie lange musste er noch hier an Deck sitzen und übers Wasser starren? Das Meer hatte sich nicht verändert. Es war die große Gleichgültigkeit. Schweigsam und dumm. Was hatte er damit zu schaffen? Er zitterte, zugleich war ihm heiß geworden, das Fieber war wieder da. Er schlang die Decke fester um seine Beine und lehnte den Kopf zurück. Die Augen taten ihm weh, der Wind trocknete sie aus. Er tauchte einen Finger in den Tee und strich sich mit der feuchten Fingerspitze über die Lider. Wie müde er war. Er sehnte sich nach Schlaf, doch er hatte Angst davor. Ich hätte ein Lied vom Schlaf komponieren sollen, dachte er. Oder einen ganzen Liederzyklus. Die Räume, wo die Dämonen auftauchen. Ich hätte noch so viel mehr komponieren können. Es fühlt sich an, als hätte ich gerade erst angefangen, dabei ist es schon wieder zu Ende. So ist es also mit dem Sterben, dachte er. Stillhalten und warten.

Sie waren nie wieder an den See zurückgekehrt. Stattdessen hatten sie die Sommerferien von nun an im südtirolerischen Toblach verbracht. Der Blick vom Hof übers Tal war weit, man hatte ihm das Komponierhäuschen unter den Fichten gebaut und das Klavier herangeschleppt, er konnte wieder arbeiten. Manchmal glaubte er Marias Stimme im Wald zu hören oder er sah etwas am Fenster vorbeihuschen, das aussah wie ein Zipfel ihres Kleides.

»Wenn du es bist, komm herein«, sagte er dann. »Wenn nicht, lass dich hier nicht mehr blicken.«

Ehe es zum Ende des zweiten Toblacher Sommers nach New York ging, fuhren sie noch einmal nach Wien. Er dachte daran, wie er am Fenster ihrer alten Wohnung gestanden hatte, während hinter ihm die Möbel für den Abtransport ins Depot verpackt wurden. Er tat so, als ob ihn das alles nichts mehr anginge, und sah in die Gasse hinunter, durch die er früher so oft gerannt war, getrieben von Eile, manchmal auch von seiner Wut auf das Orchester, auf den Chor, auf die Holzköpfe von der Administration, auf diese ganze faule, verlogene und hinterfotzige Bande der Wiener Hofoper, deren Direktor er zehn Jahre lang gewesen war.

Im Frühjahr 1897 hatte er zum ersten Mal alleine und ohne Begleitung irgendwelcher Hofschranzen das Direktorenzimmer mit Blick auf die Ringstraße betreten. Die Luft war muffig, es roch nach staubigem Papier, das Fenster war in seinem Rahmen fest verschraubt und ließ sich nicht öffnen. Man habe damit verhindern wollen, dass die Herren Direktoren in ihrer Not geradewegs vom Schreibtischsessel auf den Opernvorplatz sprängen, hatte ihm der Nachtportier erzählt.

Mahler setzte sich an den Schreibtisch, einen riesigen schwarzen Monolith, der ihn an eins der Wiener Familiengräber draußen am Zentralfriedhof erinnerte, und für einen kurzen Moment stieg die unumstößliche und endgültige Gewissheit seines bevorstehenden Scheiterns in ihm auf. Dann begann er zu arbeiten.

In der ersten Saison dirigierte er hundertneun Aufführungen, in der letzten waren es immer noch an die fünfzig. Vor seiner Zeit hatten die Sänger und Sängerinnen steif und ungerührt an der Rampe gestanden und ins Publikum hinuntergesungen. Nun mussten sie lernen, sich als Teil eines umfassenden Ganzen zu begreifen und dementsprechend einzuordnen.

Der neue Direktor verlangte nicht mehr und nicht weniger, als dass sie ihren Körper und ihre Persönlichkeit (beziehungsweise das, was sie dafür hielten) in Bewegung setzten und zu spielen begannen. Wer das nicht wollte oder konnte, wurde in den Chor eingegliedert oder gefeuert. Er vertrieb die Claqueure, verdunkelte den Zuschauerraum und legte den kompletten Orchesterraum tiefer, um die Sicht auf die Bühne zu verbessern. Zum ersten Mal wurden die Stücke so erzählt, dass man ihnen auch folgen konnte. Musik, Dichtung, Raum, Licht, Bewegung – alles war eins und erhielt im Zusammenspiel einen Sinn, der tiefer wirkte, als es das bloße Nebeneinander der einzelnen Teile bisher vermocht hatte.

Er dachte daran, wie schnell sich damals die Unruhe im Opernhaus über die ganze Stadt ausbreitete. Innerhalb weniger Wochen sprach sich herum, dass etwas Außergewöhnliches vor sich ging, und natürlich wollten alle dabei sein. Die Wiener waren ein im Grunde heißblütiger Menschenschlag; unter dem Speckmantel der Gemütlichkeit brodelten gleichermaßen Begeisterung wie Empörung und liefen beständig Gefahr, aus nichtigstem Anlass überzukochen. Auf der Straße und im Kaffeehaus wurde über den Spielplan gestritten, über Anschlag und Klang des Orchesters debattiert oder über die Figuren der Sängerinnen gelästert. Viele Vorstellungen waren ausverkauft, an Premierentagen prügelten sich junge Männer um die letzten Karten. Man wollte dabei sein. Man wollte mitreden. Vor allem aber wollte man diesen kleinen, zappeligen Juden sehen, der es aus unerfindlichen Gründen geschafft hatte, das beste und störrischste Orchester der Welt zu disziplinieren.

Mit einem leisen Staunen dachte Mahler an diese Zeit. Wie jung er damals war. Es kam ihm vor, als läge das alles ein Leben weit zurück. Man schlägt einen Ton an, und der schwingt dann weiter im Raum. Und trägt doch schon das Ende in sich.

Unten liefen die Packer mit den Möbelstücken auf den Rücken zwischen dem Hauseingang und den wartenden Wagen hin und her. Einer von ihnen, ein untersetzter, rotgesichtiger Bursche, stemmte einen Schaukelstuhl wie eine Trophäe hoch über den Kopf. Ein anderer trug einen üppig mit Kristallglas bestückten, leise klingelnden Deckenlüster vor sich her. Mahler konnte sich nicht erinnern, den Lüster jemals zuvor gesehen zu haben. Überhaupt kam es ihm vor, als würde er viele dieser Dinge jetzt zum ersten Mal sehen. Vielleicht war es ja auch so. Er hatte einmal gehört, dass jede Zelle des Menschen im Laufe seines Lebens mehrfach ersetzt wird, sodass schon nach wenigen Jahren nichts mehr vom ursprünglichen Körper übrig war. Sozusagen eine ständige Wiedergeburt im Kleinen. Wenn aber schon die einzelnen Teile einem permanenten Austausch unterworfen waren, konnte man dann dem Ganzen überhaupt noch so etwas wie Kontinuität zugestehen? Ein über die Zeit gleichbleibendes, im Kern und Wesentlichen unveränderbares Selbst? War der weltberühmte Dirigent Gustav Mahler noch derselbe Mensch wie der junge, frisch ernannte Hofoperndirektor, der einmal unter diesem Deckenlüster auf jenem Schaukelstuhl gesessen hatte? Oder wie der sechsjährige Judenbub, der mit einem flachen Hut in der Hand und einem unendlich traurigen Ausdruck in den Augen auf dem Foto abgebildet war, das Alma eben noch aus einer Schublade gezogen und somit vor dem Abtransport ins Möbeldepot gerettet hatte?

Auf dem Fenster hatte sich über den Sommer eine samtige Staubschicht gebildet. Er zeichnete mit dem Finger ein paar Linien und Noten hinein. Des-Dur. Nicht uninteressant. Adagio natürlich. Auslaufend. Auströpfelnd. Und Bratschen. Genau. Ausgerechnet die Bratsche: Mit ihr endet es. Mit ihr beginnt alles von neuem.

Nachdem die letzten Möbelstücke verladen, die Arbeiter bezahlt und die Wagen mit Getöse um die Ecke verschwunden waren, standen Alma und er noch eine Weile in dem leeren Raum, der einmal ihre Wohnung war.

»Es war schön«, sagte Alma.

»Was?«, fragte er.

»Alles«, sagte sie, »alles hier war schön.«

Wenige Tage später machten sie sich auf den Weg nach Paris. Mahler dachte daran, wie bezaubernd die Stadt war. Der reinste Kitsch. Die Champs-Élysées räkelten sich im Herbstlicht und die Pariserinnen trugen die neuesten Hutkreationen spazieren, ausladende Gebilde, zart wie Zuckerwatte und sanft schwankend im Wind.

Alma war auch hier eine Erscheinung: größer und üppiger als die meisten Pariserinnen, eine Frau, die die Blicke der Männer zwingt und noch viel mehr die der anderen Frauen. Der kleine, schmale Kerl an ihrer Seite fiel da nicht weiter auf. Niemand erkannte ihn, und das war ihm sehr recht. Er wollte nicht erkannt werden, er wollte nicht angesprochen werden, und überhaupt ging ihm das ganze gutgelaunte Gewoge und Getue auf die Nerven.

So war es auch schon im April desselben Jahres gewesen, als sie auf dem Weg von New York nach Toblach für einige Tage in Paris Station gemacht hatten. Es hätte alles so schön sein können, die aufreibende Saison war vorbei, das Intermezzo an der Metropolitan Opera so gut wie beendet, und der Pariser Frühling ist sogar noch besser als der Herbst. Allerdings war Almas Stiefvater einige Monate zuvor auf die blödsinnige Idee gekommen, zu Mahlers Fünfzigstem eine Büste bei Auguste Rodin in Auftrag zu geben. Mahler hatte keine Lust, aber Alma und Rodins resolute Muse Claire de Choiseul machten gehörig Druck, also wurde endlos hin- und hergekabelt, ab- und zu- und wieder abgesagt, ehe man sich schließlich auf den Preis von zwölftausend Francs einigte und für ein paar Sitzungen in Rodins Atelier verabredete.

Das alles kam ihm wieder in den Sinn, als sie im Herbst neuerlich die Pont Alexandre III überquerten. Im Frühling, auf dem Weg zu den ersten Sitzungen, hatte das Wasser so hell geglitzert, dass es ihm in den Augen wehtat. Jetzt schimmerte die Seine in mattem Silberblau. Von der Avenue des invalides mit Blick auf den Dôme des Invalides bogen sie in die Rue de Grenelle ein und gelangten über den Boulevard des Invalides auf die Rue de Varenne, wo er unter einer Kastanie stehen blieb und sich weigerte weiterzugehen.

»Wir kommen zu spät«, sagte Alma.

»Von mir aus«, sagte er.

Sie sah ihn an und reckte ihr Kinn nach vorne.

»Andere würden viel Geld dafür bezahlen. Viel mehr, als wir bezahlt haben. Ich wünschte, du könntest es so sehen. Es ist etwas, das bleibt. Etwas, das man ansehen und anfassen kann. Außerdem werde ich bei dir sein. Ich werde die ganze Zeit bei dir sitzen bleiben. Du wirst sehen, es geht schnell vorbei. Meine Güte, es sind doch nur ein paar Stunden.«

»Ich habe Hunger«, sagte er.

»Wir hatten vor nicht einmal einer Stunde Frühstück«, sagte sie. »Es gab Tee, Croissants, korsischen Honig, Butter, pochierte Eier, Lachs und schwarzes Brot. Du hast zweimal nachbestellt und ich habe dir den Honig aufs Brot geschmiert.«

»Du verstehst mich nicht. Du willst mich einfach nicht verstehen.«

»Ich weiß nicht, ob man dich überhaupt verstehen kann. Aber wenn, dann gibt es niemanden, der dich besser versteht als ich. Kein Mensch auf dieser Welt weiß besser, wer du bist und wie du sein kannst. Und glaub mir, es ist nicht immer einfach!«

»Dann ist es eben nicht einfach. Jedenfalls hätte ich nie hierherkommen sollen. Diese Stadt macht einen verrückt. Alle Städte machen einen verrückt. Man geht herum und weiß nicht, was man hier eigentlich zu suchen hat. Ich habe keine Ahnung, warum ich mich auf diese idiotische Geschichte eingelassen habe. Dieser Rodin ist ein Verrückter.«

»Er ist der größte Bildhauer unserer Zeit.«

»Er ist ein Bauer. Grob, schmutzig und laut.«

»Du bist fürchterlich.«

»Das Leben ist fürchterlich. Warum sollte ich es dann nicht sein? War es etwa meine Idee? Was habe ich damit zu tun? Ihr hättet mich fragen können, ob ich überhaupt eine Büste will. Ich hätte euch gesagt, nein danke, ich will keine. Wenn ich mich selbst sehen möchte, was ich übrigens nie möchte, kann ich in den Spiegel schauen. Wir hätten länger in Toblach bleiben sollen. Oder von mir aus in Wien. Ich könnte jetzt im Wald sitzen und komponieren. Oder im Kaffeehaus und denken. Wir hätten auch einen Dampfer früher nehmen können. Dann wären wir längst in Amerika und müssten nicht in dieser überzuckerten Stadt herumlaufen.«

»Weißt du eigentlich, wie weh du einem tun kannst?«

Er sah in ihr vom Ärger verzerrtes Gesicht. Eine zerzauste Strähne hing ihr in die Stirn, ihre Wangen waren gerötet. Es war nichts zu machen, er liebte sie.

»Ich habe schlecht geschlafen«, sagte er. »Das ist alles. Lasst mich doch einfach alle in Frieden.«

»Und dann?«, fragte sie. »Was wäre dann?«

Er konnte die Vögel über ihnen hören, und die Müdigkeit in ihm war so groß, dass er sich gerne ins Gras gelegt und ohne auch nur einen einzigen weiteren Gedanken in den Baum hochgesehen hätte.

»Es tut mir leid«, sagte er. »Es ist nicht immer alles so leicht, wie es sein könnte.«

»Ich weiß«, sagte sie.

»Das glaube ich nicht.«

»Meinetwegen. Glaub, was du willst. Und jetzt gehen wir.«

Mahler hob seine Hände. Dann ließ er sie wieder sinken und marschierte voran.

Rodins Atelier befand sich im Hotel Biron, einem ehemaligen Stadtpalais, das im 18. Jahrhundert für ein paar Adelige errichtet worden war und über die Jahre einen Zustand von Verwahrlosung erreicht hatte, der dem einer Ruine gleichkam. Mahler hasste es, seit er es zum ersten Mal betreten hatte. Alles an dem Gebäude war ihm zuwider, insbesondere der riesige Garten, der ihm vorkam wie ein Urwald, aus dessen Dickicht jederzeit Raubtiere brechen und ihm an die Gurgel gehen konnten. Große Vögel schrien unsichtbar in den Baumkronen und farbige Falter torkelten im Sonnenlicht. An einem Felsbrocken stand mit dem Rücken zu ihnen ein einbeiniges Mädchen in einem Nachthemd aus schimmernder Perlmuttseide.

»Guten Morgen, Mademoiselle«, sagte Alma. »Ist der Meister im Haus?«

Das Mädchen wandte nicht einmal den Kopf. Mahler sah jetzt, dass der Felsbrocken in Wahrheit ein grob behauener Marmorblock war: ein zerrissener Torso, verzerrte Gesichtszüge, zum Schrei geöffnete Münder. Und er sah, dass das Mädchen ihr zweites Bein hoch aufgerichtet an den Block gelehnt hatte und mit sanften Bewegungen, die Wange an die Wade geschmiegt, ihre Muskulatur dehnte. An ihrem Hals traten die Sehnen hervor wie dünne Drähte.

»Eh! Bonjour!«

In einiger Entfernung stand Rodin im Gras und winkte. Seine Hand war riesig und weiß im Sonnenlicht. Mahler musste daran denken, wie er sie im April zum Abschied gedrückt hatte, sie war trocken und hart, als wäre sie selbst aus Stein gehauen. Trotz des warmen Wetters trug Rodin einen Anzug aus dickem Tweed und einen Zylinder, unter dem der Schweiß hervorlief. Es war nicht zu erkennen, ob er lächelte. Sein Bart war struppig und ungepflegt und reichte bis weit unter den dritten Hemdknopf.

»Bonjour, monsieur! Bonjour, madame!«

»Bonjour«, sagte Mahler. »Wie lange werden wir brauchen?«

Sie gingen ins Atelier und Rodin begann mit der Arbeit, die darin bestand, kleine Lehmkugeln, die er zwischen den Fingern knetete, auf das Modell aufzutragen und auszuformen. Seine Hände bewegten sich dabei wie eigenständige Lebewesen, Rodin schien sich nicht wirklich für sie zu interessieren. Während die Finger ein Ohr, die Stirn, einen Nasenflügel formten, gleich darauf alles wieder zerstörten und verwüsteten, nur um in derselben Bewegung wieder von vorne zu beginnen, sah er zum Fenster hinaus und schien die Wolken über den Bäumen zu betrachten. Manchmal hatte er die Augen geschlossen.

Für Mahler, der auf einem Hocker saß und sich

nicht bewegen durfte, waren diese unbeobachteten Augenblicke noch die erträglichsten. Er nutzte sie, um bei Kräften zu bleiben, indem er kurz in sich zusammensackte, sich im nächsten Moment wieder aufrichtete und die Muskeln in seinem Rücken anspannte, bis sie zitterten. Seit einiger Zeit hatte er Schmerzen im Rücken und in der rechten Schulter. Beim Dirigieren spürte er nichts davon, doch sobald er still dasaß oder sich abends ins Bett legte, schienen sich alle Gelenke in seinem Körper zu verklemmen, und von der Mitte der Wirbelsäule ausgehend, strömte der Schmerz bis in die Zehen und Fingerspitzen. Einmal war er deswegen bei einem Tiroler Heilgymnasten gewesen, der ihm erst mit den Fingerknöcheln und später mit den Ellbogen derartig fest zwischen die Schulterblätter gedrückt hatte, dass er sich seine Schmerzensschreie ins Kissen verbeißen musste. Die Behandlung hatte nichts gebracht, und er war nicht mehr hingegangen. Seitdem versuchte er sich an die Zumutungen seines Körpers zu gewöhnen.

In einer Ecke des Raumes saß Alma, in einer anderen Claire de Choiseul. Die beiden Frauen hatten zur Begrüßung flüchtige Wangenküsschen und ein paar höfliche Worte ausgetauscht und einander seitdem nicht mehr angesehen.

Mahler sah zum Fenster hinaus und wünschte sich weit weg. Draußen fand das Leben statt. Hier nicht. Hier herrschte bloß dumpfe, unangenehme Stille. Die einzigen Geräusche waren das Knarren des Hockers, das Schmatzen der Lehmklumpen in Rodins Händen und das Rasseln seines Atems. Die Luft war stickig und warm. Es war, als ob der Ton, der überall in Brocken oder zu angedeuteten Skulpturen verarbeitet herumlag, alle Feuchtigkeit aus der Luft zöge.

Er räusperte sich. Seine Stimme klang merkwürdig fremd in dieser Umgebung.

»Ich hätte gerne ein Glas Wasser«, sagte er.

Rodin klatschte ein Stück Ton auf das Modell und ließ die Hände in den Schoß sinken.

»Comment?«, fragte er. »Qu'est-ce qu'il y a?«

»Wasser«, sagte Mahler. »Ich möchte ein Glas Wasser.«

Ohne ein weiteres Wort zu sagen, stand Rodin auf und verließ den Raum. Draußen hob Lärm an. Scheppern und Klirren. Gebrüll. Das Bellen mehrerer Hunde. Durcheinandertrampelnde Schritte.

»Was ist denn los?«, wollte Mahler wissen.

»Nichts von Bedeutung«, sagte Madame de Choiseul. »Man muss das alles nicht so ernst nehmen.«

»Davon kann sowieso keine Rede sein«, sagte Mahler.

Die Tür ging auf und Rodin kam herein. Das Wasserglas in seiner Hand wirkte wie ein Schnapsgläschen. Mahler trank es in einem Zug aus. Es schmeckte wie alles in Paris: ein wenig fade. Er dachte an Toblach. An die dicken Tropfen, die frühmorgens an den Fichtennadeln hingen und die kühl und rein und würzig waren. Jeder Tropfen trug den Geschmack eines ganzen Waldes in sich. Er dachte daran, wie er einmal einen halben Tag auf der Waldhöhe unter dem Haunoldköpfl verbracht hatte. Er war lange im Unterholz herumgestiegen, hatte sich gegen Nachmittag auf einer moosbewachsenen Felsenplatte ausgestreckt und war eingeschlafen. Als er aufwachte, sah er über sich einen Falken im Baum sitzen. Der Raubvogel hatte eine tote Taube zwischen den Krallen und rupfte mit seinem scharf gekrümmten Schnabel Federn und Hautfetzen aus ihrem Körper. Er saß vollkommen ruhig, nur sein Kopf machte ruckartige Bewegungen, wenn er an seiner Beute riss. Der Kopf der Taube baumelte in die Tiefe und die Federn schaukelten langsam zwischen Ästen und Blättern zu Boden. Als Mahler sich aufsetzte, hielt der Falke kurz inne, um zu sehen, ob Gefahr drohte, dann stieß er mit wenigen Flügelschlägen hoch in die Luft, und es sah aus, als ob auch die Taube in seinen Krallen noch ein letztes Mal mit den Flügeln schlüge.

Er war noch eine ganze Weile im Wald geblieben, und als er sich endlich in der frühen Abenddämmerung auf den Heimweg machte, dachte er immer noch an den Falken und an die Taube und an das trockene, papierne Geräusch, das ihre Flügel im Himmel über den Bäumen gemacht hatten.

Er lachte auf. Rodin klatschte einen Klumpen auf das Modell und sagte etwas Unverständliches.

»Wie bitte?«, sagte Mahler.

»Ob Monsieur vielleicht die Güte haben wollen, stillzusitzen?«, übersetzte Claire de Choiseul.

»Ist ja gut«, sagte er.

»Nein, es ist eben nicht gut«, sagte Claire. »Wir wollen schließlich mit der Arbeit vorankommen.«

»Wer ist *wir*?«

»Alle hier drinnen und die meisten dort draußen«, sagte Claire. »Solange wir hier nicht vorankommen, dreht sich draußen die Welt langsamer.«

»Hoffentlich bleibt sie bald ganz stehen«, sagte Mahler. »Dann hätte sich einiges erledigt.«

»Hören Sie nicht auf ihn«, sagte Alma. »Er ist ein bisschen müde.«

»Das stimmt nicht«, sagte Mahler. »Ich war im Leben noch nicht munterer.«

»Tais-toi!«, sagte Rodin. »Tais-toi, putain!«

»Was sagt er?«, fragte Mahler.

»Er möchte Sie noch einmal höflich bitten, stillzusitzen«, sagte Claire. »Der Tag ist noch nicht vorüber.«

»So wie es aussieht, geht er auch niemals vorüber«,

sagte Mahler. »Aber gut, dann werde ich eben stillsitzen. Und zwar für immer.«

»Bitte, Gustav«, sagte Alma. »Reiß dich zusammen!«

»Aber warum denn, das ist doch die Lösung: stillsitzen bis in alle Ewigkeit. Dann kann man mich einbalsamieren oder ausstopfen oder beides zusammen. Das erspart die ganze Arbeit mit der Büste. Von den Materialkosten ganz zu schweigen.«

»Hören Sie nicht auf ihn«, sagte Alma.

»Wir bemühen uns«, sagte Claire.

»Nicht genug«, sagte Mahler.

»De quoi ils parlent, ces idiots?«, fragte Rodin. Seine Augen waren blutunterlaufen und die Barthaare um seinen Mund zuckten.

»De rien«, sagte Claire. »Monsieur fantasme sur la mort.«

Rodin nickte. Dann stand er auf, ging zu der halbfertigen Skulptur eines aus dem Boden wachsenden Satyrs und trat mit aller Kraft auf sie ein. Er beruhigte sich erst wieder, als Claire sich vorsichtig von hinten näherte, ihre Arme um seinen Nacken legte und mit leisen, aber offenbar dringlichen Worten auf ihn einzuflüstern begann. Ohne einen weiteren Blick auf den zerstörten Satyr zu werfen, ging er zur Büste zurück. Er knetete noch einmal den Haaransatz zurecht, strich mit dem Zeigefinger quer über die Stirn, sackte dann mit einem Röcheln in sich zusammen und schloss die Augen.

»Was ist denn jetzt wieder los«, fragte Mahler.

»Der Meister ist fertig«, sagte Claire und erhob sich von ihrem Stuhl. »Das Ganze muss nun trocknen und gegossen werden. Die Büste kommt mit der Post.«

»Zum Ende hin wird alles gut«, rief Mahler und sprang vom Hocker. »Alma, wir gehen!«

Die Sonne stand jetzt höher, doch es war immer noch kalt. Mahler rieb sich die Hände und ließ sie dann unter der Decke verschwinden. Die Kälte ist gut gegen das Fieber, dachte er. Es ist schön hier draußen. Ich kann es aushalten, solange ich will.

Sie hatten ihn auf seinen Wunsch noch vor Morgengrauen hochgetragen und ihm den üblichen Platz hergerichtet. Die Schönheit des Sonnenaufgangs hatte ihm Tränen in die Augen getrieben, und er hatte den Jungen, der schlaftrunken neben ihm gestanden hatte, weggeschickt. Das überraschte ihn selbst. Er hatte gedacht, die Scham längst überwunden zu haben, immer häufiger hatte er sich in letzter Zeit von fremden Menschen tragen, waschen, anziehen und ins Bett bringen lassen müssen, dies war stets diskret geschehen, mit einer Art professioneller Selbstverständlichkeit, die Gefühle wie Peinlichkeit oder Scham gar nicht erst aufkommen ließ. Und dann schämte er sich für ein paar verdrückte Tränen vor einem Kind in einer viel zu großen Uniform.

Plötzlich konnte er das träge Rollen des Schiffes spüren. Ein Gefühl wie ein inneres Schwanken, leicht und flau. Auf den großen Dampfern vergaß man schnell, dass man sich auf See befand, nur manchmal, vor allem bei hohem Wellengang, wurde man sich bewusst, dass unter einem nichts weiter war als schwarzes, kaltes Wasser.

Obwohl er den Atlantik schon mehrmals überquert hatte, konnte er sich nicht an diesen Gedanken gewöhnen. »Das Meer ist niemals dein Freund«, hatte ihm ein alter Seemann gesagt. »Es will weder Gutes noch Böses, es will überhaupt nichts. Es hat nicht die geringste Absicht, während es dich mit einem einzigen Wellenschlag tötet.«

Der Mann war Schiffsführer der *Kaiser Wilhelm II.*, auf der sie sich nach der Geschichte mit Rodin in Cherbourg eingeschifft hatten. »Sie ist ein Wunder, nicht wahr?«, hatte er zur Begrüßung gerufen, als Mahler sich an der Gangway den Hals verrenkte, um das Schiff in seinen ganzen Ausmaßen überblicken zu können. »Nichts weiter als ein zusammengenietetes Stück Eisen, aber ein Wunder!«

Damals hatte Mahler die meiste Zeit allein in seiner Staatskabine verbracht. Er wollte nicht gestört werden, von nichts und niemandem, auch nicht von der kleinen Anna, höchstens vielleicht am frühen Morgen, um mit ihr für ein paar Minuten auf der Matratze herumzutollen. Abgesehen davon erbat er sich unbedingte Ruhe. Vor ihm lag eine Saison, die es in sich hatte: Eine Neuinszenierung von Tschaikowskys *Pique*

48

Dame an der Metropolitan Opera musste vorbereitet, über vierzig Konzerte mit den Philharmonikern mussten programmiert, entsprechende Partituren studiert und Instrumentalisten gefunden werden. Manchmal, wenn draußen die See aufbrauste und das Schiff ins Schlingern geriet, legte er sich flach auf den mit feinem Sternparkett ausgelegten Boden und lauschte dem Stampfen der Motoren und dem Brüllen des Meeres, bis der Seegang oder zumindest seine Übelkeit nachließ und er sich wieder an die Arbeit setzen konnte.

Vor seinem inneren Auge sah er jetzt, wie sie damals in den Hafen von New York einliefen. Die Stadt erhob sich aus ihrem Dunst. Ein Monster und gleichzeitig so schön, dass es einem den Atem raubte. Wieder schien New York gewachsen zu sein. Wo noch im Frühjahr eine breite Lücke den Blick auf die Straßenfluchten freigegeben hatte, stand jetzt ein Gebäude mit rahmenlosen Fenstern und einem spitzen Dach aus silberglänzendem Stahlblech. Das Park Row Building war hundertneunzehn Meter hoch; das erst kürzlich fertiggestellte Singer Building hundertsechsundachtzig Meter; dahinter stand der Metropolitan Life Tower mit seinen zweihundertdreizehn Metern. Das muss doch bald ein Ende haben, dachte er. Unmöglich, noch höher zu bauen. Unmöglich, dass der Sumpfboden unter der Stadt das Gewicht solcher Giganten auf Dauer tragen konnte.

Auf der Gangway stolperte Alma über den Saum ihres Kleides und wäre um ein Haar ins Hafenwasser gestürzt, von dem die New Yorker sagten, es sei so dreckig, dass selbst die Ratten auf der Stelle tot und mit aufgeplatzten Bäuchen liegen blieben, kämen sie damit nur in Berührung. Er erinnerte sich an das Erschrecken in ihrem Blick und an ihren warmen Atem an seiner Wange, als er sie auffing und an sich drückte, bis sie festen Boden unter den Füßen hatten.

Mit einem gelben Thomas 4–20 der New York Taxicab Company fuhren sie quer durch die Stadt zum Savoy, wo sich schon die komplette Belegschaft und eine Menge anderer Leute zur Begrüßung in der Lobby versammelt hatten. Hello! Welcome back! Great to have you here! Händeschütteln, Schulterklopfen, Umarmungen, Körbe voller Blumen, Billets, Karten, Telegramme. Ein Mädchen in einem Pailettenkleid überreichte Alma einen weißen Orchideenstrauß. Alma hob die Kleine auf und drehte sich mit ihr im Kreis. Alle lachten und klatschten in die Hände. Dann gab es Champagner. Eine Abordnung der Philharmoniker war angetreten. Eine Abteilung des Damenkomitees. Zigarrendampf und Parfumwolken. Steife Hüte und rauschende Roben. Die Begeisterung der Amerikaner schien ehrlich zu sein: Der Meister aus Europa ist wieder da!

Er hatte sich gefreut über den Empfang. Gleichzeitig war es unerträglich. Er wusste nicht, wie er stehen und was er sagen sollte. Er lächelte, schüttelte Hände, winkte.

»Thank you!«, sagte er immer wieder. »Thank you very much!«

Später standen Alma und er am großen Eckfenster ihres Apartments im neunten Stock und blickten über den Central Park mit seinen kleinen, zinkgrauen Seen und den Bäumen, die im Abendlicht zu glühen schienen. Unten auf der Plaza herrschte Trubel. Die Welt war laut geworden und New York war das Epizentrum des Lärms. Alles schrie und keifte durcheinander, die Menschen hasteten und rannten, als seien sie auf der Flucht. Statt der Pferdedroschken brausten Automobile durch die Straßen, frei herumstreunende Hunde waren kaum noch zu sehen. Eine Frau mit einer Pelzmütze auf dem Kopf schob einen Handwagen mit heißer Limonade vor sich her, dabei schlug sie mit einem Stock pausenlos auf zwei kleine Glocken ein: *ding dong, ding dong*. Ein Mann und eine Frau überquerten die Straße. Die Frau warf ihren Kopf in den Nacken und lachte. Sie geriet ins Schlingern, hakte sich bei dem Mann unter, der stehen blieb und sie für einen Moment ansah, dann verschwanden die beiden um die Ecke. Hinter dem Park Theatre ging die Sonne unter. An der Fassade begann die Reklametafel zu blinken: *Old Quaker Rye Whiskey*.

»Es ist schön«, sagte Mahler. »Man müsste es nur zu fassen kriegen.«

»Das sagst du jedes Mal, wenn du an einem Fenster stehst«, sagte Alma. »Oder auf einem Berg, einem Kirchturm oder irgendeinem anderen Ort mit Aussicht.«

Er blickte sie von der Seite an. Sie hatte ihre Stirn gegen die Scheibe gelehnt und sah in die Ferne über den Park. Eine Weile stand er unschlüssig da, dann legte er eine Hand an ihre Hüfte.

»Komm«, sagte er. Doch sie rührte sich nicht und gab keine Antwort.

»Lass uns schlafen gehen«, sagte er. »Es ist spät.«

»Dort drüben geht die Sonne unter.«

»Ich sage doch, es ist spät.«

»Weißt du, ich mag die amerikanischen Betten. Sie sind ziemlich hoch, und man hört die Federn quietschen. Aber sie sind weicher als die zu Hause.«

»Ich mag die Betten auch. Komm jetzt.«

»Manchmal habe ich das Gefühl, sie sind vielleicht sogar ein bisschen zu weich. Man kriegt Rückenschmerzen davon.«

»Ich kriege Rückenschmerzen, wenn wir noch lange hier stehen bleiben.«

»Sieh dir die Sonne an. Jetzt ist sie nur noch ein roter Zipfel. Aber Kraft hat sie immer noch. Man sollte dankbar sein für jeden Tag. Diesmal machen wir es anders, ja? Wir haben so wenig gesehen von Amerika. Das riesige Land. Wir kennen noch nicht einmal diese Stadt. Sie haben überall *drugstores* hier. An jeder Ecke. Das ist jetzt die dritte Saison und ich war noch nie in einem *drugstore*.«

»Wir gehen morgen hin.«

»Versprichst du es mir?«

»Wir gehen morgen gleich nach den Proben in einen *drugstore* und kaufen etwas. Ich verspreche es dir. Und jetzt komm ins Bett!«

Als sie später eingeschlafen war, den Kopf zum Fenster gewandt, das Haar lang und wirr auf dem Kissen ausgebreitet, lag er da und blickte sie an. Auf ihrem Gesicht lag der blaue Schein der Nacht. Es gibt keine andere, dachte er. Sie ist mein Glück. Ich weiß nicht, ob ich ihr Glück bin, jedenfalls ist sie meins. Ich weiß nicht, ob ich sie verdient habe. Du kannst dir die Liebe nicht verdienen. Schau sie dir an. Ihre Schulter, wie eine Schneekuppe. Rodin ist ein Stümper. Jede Kunst ist stümperhaft. Und ihre Stirn. Und der Mund. Und diese Stelle da. Ich wünschte, ich könnte ihre Träume sehen, dachte er. Aber wahrscheinlich ist es besser so. Man sollte nicht alles wissen. Es gibt keine Träume, nur dieses Gesicht. So ein Gesicht hält jung, und es macht alt. Ich bin ein alter Mann, aber noch reicht es. Eine Weile kann ich noch durchhalten. Ich sollte wach bleiben und mir immer nur ihr Gesicht ansehen. Und alles andere. Es ist zum Verrücktwerden. Ich muss schlafen. Ein Orchester ist kein Spielverein, diese Idioten, aber irgendjemand muss es anpacken. Und morgen möchte sie zum *drugstore*, keine Ahnung, was das sein soll, aber vergiss es nicht. Vergiss es nicht, vergiss es nicht. Schau sie dir an, wie sie da liegt, ganz still.

Am nächsten Morgen stand er pünktlich vor den New Yorker Philharmonikern und dirigierte den ersten Satz der *Eroica* und das zweite Klavierkonzert von Liszt. Die Zeit bis zur ersten Aufführung war knapp, also hatte er auf die Begrüßungsrede und alle weiteren Höflichkeiten verzichtet und sofort mit den Proben begonnen. Das kam für niemanden überraschend, schließlich galt er als eine Art Höllenhund am Pult. Die Musiker hatten Respekt vor ihm und eine Heidenangst. Und das war gut so, denn die meisten von ihnen waren ganz eindeutig phlegmatische und kunstferne Ahnungslose, kaum in der Lage, eine Geige von einer Bratsche zu unterscheiden. Zwar spross in diesem Sumpf der Minderbegabung da und dort eine zarte Knospe von Musikalität, doch alles in allem war dieses Orchester eine grundtief geist- und hoffnungslose Angelegenheit.

Er legte los wie ein Verrückter. Die Geschichte mit der Metropolitan Opera war endgültig vorüber, es würde kein weiteres Engagement im Musiktheater geben. Keine Oper mehr, nie wieder. Keine Operndirektion, kein Direktorenzimmer, auf dessen Schreibtisch sich Banalitäten bis unter die Decke stapelten, an dessen Tür jederzeit geklopft, gekratzt und gehämmert werden konnte und in dem sich Sänger und Sängerinnen wie heulende, schreiende, ins Parkett stampfende Kleinkinder gebärdeten. Von nun an würde es ausschließlich um Musik gehen.

Im Sommer hatte er Kraft gesammelt, jetzt arbeitete er vom frühen Morgen bis spät in die Nacht hinein, wenn nicht mit dem ganzen Orchester, dann wenigstens mit einzelnen Instrumentengruppen: morgens die Streicher, vormittags die Holzbläser, zu Mittag das Schlagwerk, nachmittags die Blechbläser und abends der Rest.

Manchmal pflückte er sich einen Musiker heraus, um mit ihm eine bestimmte Stelle oder gleich das ganze Stück durchzugehen. Während einer Probe zur *Eroica* ließ er einen jungen Hornisten seinen Part allein vor dem gesamten Orchester spielen. Er unterbrach ihn, ließ ihn von vorne beginnen, unterbrach ihn wieder und wieder, machte so lange weiter, bis es zumindest einigermaßen passte und dem Hornisten die Tränen über die vor Scham und Anstrengung rot leuchtenden Wangen liefen.

Vielleicht war es die Energie, die sich aus dem Widerstand erhebt, eine Art sture Wut, die das Orchester an seine Grenzen und darüber hinaus trieb. Er hatte es oft erlebt: Verzweiflung, Verweigerung, Zusammenbruch, letztendlich aber Durchbruch und Auflösung. Zumindest solange die Wut und die Kraft reichten. Wenn nicht, blieb es bei der Verzweiflung. Doch selbst dann musste es weitergehen. Auch Durchbrüche waren nichts weiter als ein kurzes Innehalten, ein Durchschnaufen auf dem Weg.

Sein Platz war hinter dem Pult. Er hatte es an einem seiner ersten Tage als Direktor im Kellerfundus der Hofoper zwischen einer römischen Säule aus Pappmaché und einem Haufen mottenzerfressener Stoffbahnen entdeckt. Es war ein altes, wackeliges, vom Wurm zernagtes Holzgestell mit einem nachlässig verschraubten Brett, doch gerade diese geheimnislose Zweckmäßigkeit hatte ihm gefallen, er hatte es eigenhändig mit einem weichen Tuch vom Staub befreit und nach oben in den Orchestergraben getragen, wo es ihm während seiner ganzen Amtszeit bescheidene, aber gute Dienste geleistet hatte. Als er zehn Jahre später den Direktorenposten abgab, war er der festen Meinung, dass ihm gerade dieses Pult mehr als alles andere geholfen hatte, die Wiener Gemeinheiten einigermaßen unbeschadet zu überstehen, also ließ er es sich – gegen Almas heftigen Widerstand, die es aus »ästhetischen Gründen« hasste und in jedem Winter mindestens einmal vorgeschlagen hatte, es kleinzuhacken und zu verheizen – nach New York nachschicken. Sobald er dahinter stand, fühlte er sich sicherer und geborgener als an jedem anderen Ort auf dieser Welt. Das Pult hatte seine Reifung als Dirigent miterlebt. Als junger Mann war alles an ihm Bewegung gewesen, die Zeitungen hatten ihn als Springteufel und jüdischen Affen karikiert. Sie dichteten ihm den Veitstanz an und verglichen ihn mit einem vom Dibbuk besessenen Geisteskranken, der groteske, scheinbar aus jeder Form geratene Bewegungen vollführte. Doch mit dem Älterwerden war er ruhiger geworden, seine Bewegungen sparsamer, mittlerweile stand er fast bewegungslos, bis auf die rechte Hand, die zarte Linien in die Luft zeichnete, und die Augen, von denen man sagte, dass sie manchmal während des Konzerts leuchteten wie glühende Kohlestückchen, und in denen sich beim Applaus die elektrischen Lichter des Bühnenraums als winzige Blitze spiegelten.

Manchmal dachte er an sein Pult mit einer verstohlenen Zärtlichkeit, als ob es sich um ein Lebewesen handelte. Es ist duldsam wie ein alter Esel, dachte er. Es hat viel erlebt und ertragen. Die Würmer und den Staub. Die Tinte und den Schweiß. Die vielen Schläge mit dem Taktstock oder mit der flachen Hand. Es stecken die Wut und die Freude eines ganzen Lebens in ihm.

Die Sonne stand jetzt hoch, und die Helligkeit des Himmels schmerzte in seinen Augen. Auf der Reling, in etwa zehn Metern Entfernung, hockte ein großer weißer Vogel. Sein Schwanz war lang und breitete sich auf dem Deck aus wie ein Hochzeitsschleier. Als er die Flügel hob und lautlos wie ein Schatten verschwand, gab es einen Ruck in Mahlers Brust, und er stöhnte leise auf. Er hatte geschlafen, und er wusste, es war die Angst.

Seine Füße waren kalt, doch sein Gesicht glühte wie Feuer. Dabei fühlte er sich gar nicht schlecht. Seit langem verspürte er wieder Hunger, doch er wusste, er würde nichts bei sich behalten können. Zwei Stockwerke unter ihm wurde wahrscheinlich immer noch gefrühstückt. Anna war bestimmt mit der Marmelade beschäftigt. Sie würde ihren Finger erst in das Glas und dann mit geschlossenen Augen in den Mund stecken. Er hätte ihr bei der Hinfahrt einen ganzen Topf dieser Marmelade besorgen und ihn in New York heimlich in ihren kleinen Mädchenkorb stellen sollen. Beim Gedanken an die Freude in ihrem Gesicht überkam ihn ein merkwürdiges Gefühl von Glück, und zugleich wusste er, dass es zu spät war, und er schämte sich.

Er läutete nach dem Jungen, und wenige Augenblicke später hörte er die leichten schnellen Schritte auf der Metalltreppe. Er musste dort unten gewartet haben. Sicher hatten sie ihn abkommandiert, um ihm ständig zur Verfügung zu stehen. Mahler fragte sich, was er wohl von ihm dachte. Er ertappte sich bei der

Hoffnung, dass der Junge ihn mochte, aber wer konnte das schon wissen, und letztendlich war es auch egal.

»Möchten Sie vielleicht noch etwas Tee?«, fragte der Junge. Er hatte seine Mütze abgenommen, und Mahler konnte das Blau des Himmels in seinen Augen sehen.

»Sitzt du die ganze Zeit unten an der Treppe?«, fragte er.

»Nicht die ganze Zeit«, sagte der Junge.

»Was haben sie dir über mich erzählt?«

»Sie haben gesagt, dass Sie berühmt sind. Wegen der Musik. Und dass ich auf Sie achtgeben soll. Dass Ihnen nicht kalt wird. Dass der Tee nicht zu heiß ist. Solche Dinge.«

»Der Tee soll aber heiß sein.«

»Wie Sie wünschen.«

»Übrigens ist es völlig idiotisch, dass es auf dem Schiff keinen russischen Weißen gibt.«

»Ich wusste nicht, dass es überhaupt einen solchen Tee gibt. Ist er gut?«

»Der beste. Er beruhigt die Seele.«

»Dann werde ich welchen besorgen, sobald wir an Land sind«, sagte der Junge. »Und wenn Sie das nächste Mal mitfahren, serviere ich Ihnen jeden Tag eine Tasse weißen russischen Tee.«

»Das ist sehr aufmerksam von dir«, sagte Mahler. »Ich glaube, du wirst es weit bringen.«

»Ich weiß gar nicht, ob ich das will. Wer weit geht, kommt später an.«

»Woher hast du das?«

»Keine Ahnung«, sagte der Junge und zuckte mit den Schultern. »Ich glaub, ich hab es mir ausgedacht.«

»Gerade eben?«

»Ja«, sagte der Junge. »Möchten Sie, dass ich Ihnen noch eine Decke bringe?«

»Nein, mir ist warm«, sagte Mahler. »Ich möchte, dass du mir vom Meer erzählst.«

»Ich weiß noch nicht viel darüber. Nur dass es kein Vergnügen ist, das weiß ich ganz bestimmt. Manchmal gibt es Unwetter, die kommen aus dem Nichts, und plötzlich ist der Himmel schwarz, und es gibt Wellen, die nehmen einen Mann in einem einzigen Augenblick mit, wenn er sich nicht festmacht. Da musst du schon wissen, was du tust. Aber es sind nicht nur die Wellen und der Sturm. Es ist allgemein das Wetter. Tagsüber verbrennt man fast, besonders in Uniform. Nachts ist es oft eisig kalt. Ich habe von zwei Männern gehört, die beim Deckdienst erfroren sind. Sie sind eingeschlafen, und als man sie nach der Schicht gefunden hat, saßen sie stocksteif da, die Rücken aneinandergelehnt und die Gesichter zum Himmel gewandt. Vielleicht waren die Sterne das Letzte, was sie gesehen haben.«

Der Junge schwieg für einige Augenblicke, dann

sagte er: »Mir würde so etwas nicht passieren. Ich weiß genau, was ich zu tun habe. Außerdem mache ich mir nicht viel aus Sternen. In den Tabellen sind sie bloß Nummern, die man auswendig lernen muss. Ich mag die Sonne lieber.«

»Die Sonne ist auch ein Stern«, sagte Mahler.

»Klar«, sagte der Junge. »Aber man erfriert nicht, wenn sie scheint.«

Mahler stemmte sich hoch und versuchte, mit den Händen an die Stützkissen hinter seinen Rücken zu gelangen. Er keuchte und bekam keine Luft, doch der Junge war bei ihm, und als er spürte, wie er ihn an den Schultern fasste und so leicht anhob, als wäre er aus Kork, ließ er es geschehen. Der Junge stopfte ihm die Kissen fest und Mahler saß aufrecht und blickte weit über die See.

»Als ich in deinem Alter war, dachte ich, dass ich das Meer nie sehen werde. Jetzt habe ich es so oft gesehen und weiß immer noch nicht viel damit anzufangen. Ich kenne mich besser mit Bergen aus. Warst du mal in den Bergen?«

»Nein«, sagte der Junge. »Sie sollen schön sein. Stimmt es, dass die Spitzen immer weiß sind?«

»Bei manchen ist es so.«

»Ich frage mich, ob man dort oben ebenso leicht erfriert wie auf dem Meer.«

»Manchmal findet man Eisleichen, die sehen nach

vierzig Jahren so frisch aus, als wären sie gestern erst losgegangen.«

»Ich habe einmal eine Wasserleiche gesehen, in Cherbourg. Ein Mann. Sie haben ihn mit langen Stangen aus dem Hafenbecken gezogen. Sein Bauch war aufgegangen wie ein Ballon und die Fische hatten sein Gesicht weggefressen.«

Mahler blickte den Jungen an. Sein kleiner Kindermund hatte sich verzogen bei der Erinnerung an die Hafenleiche. Seine Uniform mit der Mütze war makellos weiß. Die Schuhe aus Lackleder glänzten in der Sonne. Wahrscheinlich putzte er sie jeden Morgen, noch vor Sonnenaufgang. Das Putzzeug hatte er unterm Bett verstaut, in dem Schlafraum, den er sich mit den anderen Männern teilte und in dem es nach Eisen und Schweiß roch und wo nebenan die Maschinen lärmten.

»Herr Direktor«, sagte der Junge.

»Ja«, sagte Mahler. Er hatte die Augen halb geschlossen und hörte dem Stampfen der Motoren zu.

»Was ist das für Musik, die Sie machen? Erzählen Sie mir etwas darüber?«

»Nein. Man kann über Musik nicht reden, es gibt keine Sprache dafür. Sobald Musik sich beschreiben lässt, ist sie schlecht.«

Der Junge sah ihn mit seinen großen, glänzenden Augen an.

»Ich glaube, ich gehe jetzt«, sagte er. »Soll ich noch eine Kanne Tee bringen?«

Mahler schüttelte den Kopf.

»Halten Sie sich warm«, sagte der Junge. »Passen Sie vor allem auf Ihre Füße auf.«

»Ja«, sagte Mahler. »Haben sie dir gesagt, dass ich sterbe?«

»Nein«, sagte der Junge, und Mahler sah, dass er log.

»Sag meiner Frau, ich möchte noch ein wenig alleine sein. Sie sollen sich in einer Stunde bereithalten. Ich werde läuten.«

»Ich werde es ausrichten. Passen Sie auf sich auf, Herr Direktor.«

Der Junge ging. Mahler lockerte die Decke und streckte die Beine aus. Das Reden hatte ihn angestrengt. Er hätte gerne geschlafen, doch er hatte Angst vor dem Schlaf. Er schloss die Augen und dachte an Alma und das Kind. Er versuchte sich Annas Gesicht vorzustellen, doch etwas anderes stieg in ihm auf, ein Bild der Traurigkeit und des Schmerzes.

Damals, Anfang November, am Tag vor der Saisoneröffnung mit Beethoven, Liszt und Strauss, war er nach dem Generaldurchlauf durch die regennassen Straßen New Yorks zurück ins Hotel gelaufen. Wie immer machte er einen Umweg über den Park; er ging in der feuchten, kalten Luft unter den Bäumen und freute sich auf das warme Hotelzimmer, auf ein paar stille Stunden mit seiner Familie. Das Savoy leuchtete ihm schon von weitem entgegen, und als er das vom Stimmengewirr der Hotelgäste erfüllte Foyer betrat, fühlte er sich zum ersten Mal seit langer Zeit zu Hause.

Im Zimmer saß Anna in einer Ecke auf dem Boden und war so in ihr Spiel vertieft, dass sie ihn gar nicht bemerkte. Mahler blieb stehen und betrachtete seine Tochter. Sie hatte zwei Puppen in ein Tuch gewickelt und in eine große Obstschale gelegt. Sie saß daneben und strich mit einer Bürste das Puppenhaar glatt. Ihre Bewegungen waren kindlich und eckig, aber in ihren Augen lag der liebevolle Blick, den sie sich von ihrer Mutter abgeschaut hatte. Als sie ihn bemerkte, stieß sie einen Überraschungsschrei aus und stürmte in seine Arme. Sie rollten lachend über den Teppich und blieben dann nebeneinander auf dem Rücken liegen. Er streichelte über ihr Haar, und für ein paar Augenblicke blieb seine Hand an ihrer weichen, warmen Wange liegen.

»Müssen die Puppen schon schlafen gehen?«

»Ja, Papa. Die hatten einen anstrengenden Tag. So wie du.«

»Bestimmt war ihr Tag viel anstrengender als meiner, hab ich recht?«, sagte er und wandte seinen Kopf zur Schlafzimmertür, in der jetzt Alma stand und lächelnd auf sie hinunterblickte.

»Ganz bestimmt«, sagte sie. »Du bist nämlich ein durch und durch fauler und liederlicher Mann.«

»Ja«, sagte er und sprang vom Boden hoch. »Und ich kann noch viel liederlicher werden!«

»Ich weiß«, sagte sie. »Aber erst nach dem Essen.«

Alma hatte den Tisch gedeckt. Sie machte das einmal die Woche, wenn das Mädchen ihren freien Tag hatte oder einfach so, wenn ihr danach war. Sie hatte eine schmucklose Tischdecke ausgebreitet und eine weiße Hyazinthe in die Mitte des Tisches gestellt. Er war sich sicher, dass es Kartoffelsuppe und Brot geben würde. Schon beim Eintreten war ihm der Duft in die Nase gestiegen, und er freute sich auf die heiße Suppe. Als er sich setzte, sah er, dass der Tisch für vier gedeckt war.

»Erwarten wir noch jemanden?«, fragte er.

»Wir erwarten niemanden«, sagte sie. »Heute ist der dritte November. Marias Geburtstag. Sie wäre heute sieben geworden.«

Mahler sah auf das vierte Gedeck. Er nickte, dann streckte er die Hand aus, als wollte er etwas greifen, aber da war nichts, und er ließ sie wieder sinken.

Fast zwei Jahre waren seither vergangen. Vier Jahre waren es seit Marias Tod, und doch kam es ihm so vor, als könnte er unter dem Stampfen der Schiffsmotoren und dem Klatschen der Wellen ihre Stimme hören. Das Husten und Röcheln ihrer letzten Atemzüge.

Er schlug die Augen auf und blickte in den Himmel, in dem jetzt eine einzelne durchscheinende Federwolke stand. Sie ist alleine dort oben, dachte er. Sie wird verschwinden, ehe sie sich überhaupt zu einer richtigen Wetterwolke ausgewachsen hat. Er dachte, es wäre schön, wenn es Regen gäbe. Er würde sich seinen Platz mit geharztem Segeltuch überdachen lassen und könnte trocken und geschützt aufs brodelnde Meer schauen.

»Du wirst dich nicht halten können«, sagte er. »So schwach und zerzaust, wie du aussiehst.«

Er lachte kurz auf, doch sofort gab es ihm einen Stich in der Brust und etwas darin krampfte sich zusammen. So weit ist es gekommen, dachte er. Kurz vor dem Ende beginne ich noch mit den Wolken zu reden.

Er lag still und schloss wieder die Augen. Er wünschte sich Almas Hand an seiner Brust, an der Stelle, wo er den Stich gespürt hatte. Er liebte ihre Hände, vielleicht mehr als alles andere. Als sie noch in Wien lebten, fuhr er manchmal mit ihr in den Wienerwald hinaus, nur um geschützt vor neugierigen Blicken ihre Hand halten zu können, und wenn er während einer Konzertreise allein im Zugabteil oder in einem nach Staub und Petroleum riechenden Hotelzimmer saß, stellte er sich ihre Hände vor, noch ehe er an ihr Gesicht dachte.

Sie hatten sich fast genau vier Jahre nach seiner Ernennung zum Hofoperndirektor kennengelernt, und lange Zeit hatte ihn die Liebe zu ihr erschüttert. Es gab Nächte, in denen er vor Sehnsucht stundenlang durch die Straßen gelaufen war, und wenn sie sich schließlich am nächsten Morgen im Kaffeehaus oder im Stadtpark trafen, empfing er sie mit dem leuchtenden Staunen eines Kindes im Gesicht.

Es hatte ganz einfach angefangen. Sie wurden einander bei einem Wiener Gesellschaftsabend vorgestellt. Sie saß am Tisch, und er musste immer wieder hinsehen. Man hatte ihm schon von ihr erzählt. Sie sei eine wunderschöne, geradezu prächtige junge Frau aus bestem Hause, klug, selbstbewusst, vielleicht ein wenig redselig, sicherlich auch ziemlich anstrengend, in jedem Fall aber die Frau, nach der gerade halb Wien verrückt sei und die sich ihre Männer wie Rosinen aus dem Gesellschaftskuchen herauspicken könne. Nun saß sie da und spielte, während sie sich mit einem älteren Herrn unterhielt, mit dem Wachs einer weißen Tischkerze. Sie war noch schöner, als er es sich vorgestellt hatte. Sie war groß und üppig und ihre Bewegungen waren weich und gleichzeitig ungeschickt wie die eines tanzenden Kindes. Manchmal lachte sie laut auf, dann warf sie ihren Kopf in den Nacken, und er konnte ihren Hals sehen, der weiß und glatt wie Marmor war.

Nach dem Essen bildeten sich Grüppchen, und er stellte sich zu ihr. Es gab Tee und Kuchen, und sie schnippte mit dem Finger einen Krümel vom Kragen seines Jacketts, eine Berührung, über deren Dreistigkeit er lachen musste, die ihn aber insgeheim erschreckte. Sie redeten über Musik, und während er ihren Worten lauschte, sah er in ihre Augen, die ihm ungewöhnlich dunkel vorkamen. Zum Abschied küsste er ihre Hand. Ihre Finger waren kalt, als hätten sie in Eis gebadet.

Sie sahen sich häufig, er lud sie in die Oper ein, und während er die Proben zu *Hoffmanns Erzählungen* dirigierte, spürte er ihre Blicke in seinem Rücken. Er erzählte ihr, dass er sich vorgenommen habe, jede einzelne von Beethoven jemals zu Papier gebrachte Note erklingen zu lassen. Dies sei immerhin das Letzte, was er sich selbst abverlange, sonst sei nicht mehr viel zu erwarten an einem solchen Haus, an dem er immerhin einmal angetreten sei, um der Musik den Raum zu geben, der ihr zustehe, nämlich hoch und weit über den beschränkten Vorstellungen des sogenannten Wiener Schöngeistes, der in Wahrheit nur ein provinzieller Kleingeist, wenn nicht gar ein hinterwäldlerischer Ungeist sei, ein Vorhaben, das natürlich von Anfang an von ebendieser Wiener Klein- oder Ungeistigkeit angegriffen, unterlaufen, ignoriert oder schlichtweg nicht bemerkt worden sei. Trotz alledem habe er Mittel und Wege gefunden, die Hofoper samt Personal bis an die Grenzen ihres inneren Wachstumsvermögens zu treiben. Naturgemäß seien diese Mittel beschränkt und die Wege steinig, dementsprechend könne man sich vorstellen, dass so etwas nicht gerade leicht und ohne Widerstände vonstattenginge, das Geplärre und Geschrei sei ja nicht zu überhören. Doch sei der beständige Kampf, das unermüdliche Arbeiten gegen solche Widerstände nun einmal die einzig erfolgversprechende Art und Weise, Musik zu machen. Alles andere sei Geschrammel und Getöne, das nur dazu diene, Ohren und Gemüter mit immer tiefer eindringenden und sich immer weiter ausdehnenden Geräuschansammlungen zu verstopfen. Im Übrigen lebten die meisten Musiker respektive Musikwerkbediener in der Vorstellung, sie und nur sie allein könnten Musik zum Leben erwecken. So etwas sei natürlich erstens der Ausdruck maßloser Selbstüberschätzung und zweitens ein ausgemachter Blödsinn, da Musik von vornherein und ganz aus sich selbst heraus über jede Vorstellung hinausweise. Musik habe noch jeden Menschen hinter sich gelassen und brauche im Grunde genommen weder Musiker noch Zuhörer. Musik brauche nichts und niemanden, sie sei einfach da.

All das sagte er zu Alma, dabei wusste er nicht einmal genau, warum er es sagte, letztendlich war es auch egal. Das Einzige, was zählte, war, dass sie neben ihm saß, stand oder ging, während er redete, und zwar so nah, dass er sie riechen konnte. Er bildete sich nämlich ein, ihre Haare (oder ihre Haut, so genau konnte er das noch nicht sagen) dufteten ein wenig nach Tannenharz, und das sagte er ihr auch. Sie lachte, und er nahm sie in den Arm und küsste sie.

Zwischen dem Abend mit dem Kuchenkrümel und der Hochzeit lagen vier Monate. Er kam zu Fuß und in Galoschen. Es regnete in Strömen, der Kanal konnte die Wassermassen nicht halten, und Mahler musste den Pfützen ausweichen und über Rinnsale springen. Vor der Karlskirche saß ein Bettler. Er lehnte an einer der Portalsäulen, seine wenigen Habseligkeiten, einen Hut und einen Stapel alter Zeitungsblätter vor sich ausgebreitet. Mahler hatte ihn schon öfter gesehen, auf dem Weg zur Oper oder während eines Spazierganges zwischen den Proben. Er war ein kleiner, hagerer Mann unbestimmten Alters, sein Gesicht war überwuchert von Blattern, Krusten und Hautfetzen, und seine Hände waren bis zu den Fingerspitzen in löchrige Tücher gewickelt. Er schlurfte stets tiefgebeugt auf dem Platz und um die Kirche herum, den Blick zum Boden gerichtet, von dem er manchmal Dinge auflas und in einer seiner Manteltaschen verschwinden ließ. Im Sommer sah man ihn auch im Stadtpark, wo er auf einer Bank saß und sein verwüstetes Gesicht in die Sonne hielt, bis es purpurrot aufblühte.

»Sie sehen nicht aus wie ein Bräutigam«, sagte er, als Mahler die Stufen hochgelaufen kam.

»Wieso wissen Sie dann, dass ich einer bin?«, fragte Mahler.

»Ich weiß es nicht«, antwortete der Bettler. »Ich hab bloß gesagt, dass Sie nicht wie einer aussehen, das ist alles.«

Mahler warf ihm ein paar Münzen in den Hut und ging durch das Portal. Am Altar hatten sich schon alle versammelt: Alma, ihre Mutter, der Stiefvater, Mahlers Schwester Justine, deren Mann und der Pfarrer. Es waren sieben Leute in dem hohen, kalten Raum, und Mahlers Schritte hallten unterm Kirchendach, als er nach vorne eilte.

Wenn er später versuchte, sich die Augenblicke vor der Trauung zu vergegenwärtigen, sah er merkwürdigerweise nicht Almas Gesicht vor sich, sondern das Gesicht des Bettlers draußen vor dem Tor. Er wusste nicht mehr, was sein Stiefvater wollte, als er sich zu ihm beugte und ihm voller Dringlichkeit etwas ins Ohr flüsterte, und er konnte sich an kein einziges Wort des Pfarrers erinnern, doch er hörte immer noch sein eigenes »Ja«, das zu seinem Erstaunen laut und klar im Raum stand.

Zwei Tage darauf bestieg das Ehepaar den Zug

nach Sankt Petersburg, wo Mahler eingeladen war, im Saal der Adelsversammlung drei Konzerte mit Haydn, Schubert und Beethoven zu dirigieren. Am dritten Abend der Reise legte er während des Diners im Speisewagen Messer und Gabel weg, presste die Handballen gegen die Schläfen und begann langsam unter den üppig mit Obst und kalten Platten gedeckten Tisch zu rutschen. Es war die Migräne, und wieder einmal verbrachte er viele Stunden flach und alle Glieder von sich gestreckt auf dem Boden liegend – diesmal auf dem gerippten Holzboden seines Reiseabteils –, während er mit stillem Entsetzen den flirrenden Erscheinungen nachstarrte, die den Schmerz in seinem Kopf umschwärmten.

Sie verbrachten drei Wochen in Sankt Petersburg, und während sie die Besichtigungen der Eremitage und der vielen Paläste und Kirchen, die Streifzüge durch grandios beleuchtete Läden und die Spaziergänge auf der zugefrorenen, im Lichte unzähliger Fackeln glitzernden Newa genossen, war Mahler insgeheim erschüttert von dem Elend, das sie in der Dunkelheit zwischen all dem Glanz umgab, und er sehnte sich nach der unspektakulären Enge der Wiener Innenstadtgassen.

Doch war es ein völlig anderes Bild, an das er sich später immer wieder erinnerte und das ihn von allen am meisten anrührte. Es war am frühen Abend, und

Alma saß an einem Tisch am Fenster des Cafés im Foyer des Hotel d'Angleterre, als er von der Orchesterprobe im dichten Schneetreiben nach Hause kam. Sie saß alleine, vor ihr stand eine Flasche Rotwein, ihre Hand spielte mit dem Glas, von dem sie kaum einen Schluck getrunken hatte. Von weitem war sie so wunderschön wie immer, doch als er sich näherte und ihre Augen erkennen konnte, sah er, dass sie trübe waren. Ihr Blick war leer und schien ins Nirgendwo hinter dem Schneegestöber draußen auf der Straße gerichtet. Plötzlich bemerkte sie ihn und hob ihre Hand, um zu winken. Die Bewegung war müde und kraftlos, und sie ließ die Hand wieder sinken.

Es war dieses Bild, das er für den Rest seines Lebens nicht mehr vergaß: seine schöne junge Frau, alleine und unendlich müde im hell erleuchteten Fenster des russischen Hotelcafés.

In seiner ersten Saison als verheirateter Mann leitete er vierundfünfzig Aufführungen und an die hundert Proben, dazu kamen Administration, Presse, Personal, Politik. Im Frühjahr, Herbst und Winter die Oper, im Sommer das Komponieren am See. Nie hatte er mehr Macht als Dirigent und als Operndirektor. Er war mit der schönsten Frau Wiens verheiratet, alle liebten ihn, manche verehrten ihn, suchten seine Nähe, wollten ihn berühren, seine Hand drücken, ihn umarmen. Wo er musste, ließ er es zu. Wo er konnte, rannte er davon. Der Herr Direktor hat es eilig, ist eben gegangen, befindet sich schon wieder auf dem Sprung. Vom Schreibtisch auf die Probe, in den Keller, ins Foyer, ins Parlament, zum Hof und wieder zurück. Ein einziges Gerenne und Gehetze. Und überall Widerstände. Nicht alle Traditionen, die doch in Wahrheit nichts anderes waren als der Ausdruck des unbedingten Willens, dumpf und reglos im Ewiggleichen zu verharren, ließen sich einfach so über den Haufen werfen. Das Althergebrachte hatte mächtige Wächter und sie saßen überall: in der Pförtnerloge, im Abonnentenbüro, im Souffleurkasten und im Orchestergraben, in Amtsstuben und Kanzleien, im Rathaus und in Zeitungsredaktionen. Überall wurde geredet. Man war erregt und verwirrt. Hatte ein ungutes Gefühl. Vertrat bloß seine Meinung. Da waren zum Beispiel die vielen Reisen des Direktors: Berlin, München, Amsterdam, Straßburg, Breslau, Triest und so weiter. Die Weltkarte hoch und runter. Als ob Wien nicht groß genug wäre und die Wiener Hofoper nur eine morsche Dorfmusikantenscheune. Und was sollte man davon halten, dass einer einfach so daherkommt und Beethovens Neunte retuschiert? Dass ein Jud das größte deutsche Musikwerk zusammenstreicht und überpinselt, nur weil es ihm gerade passt? Und dann auch noch mit aller Gewalt die *Salome* auf die Bühne bringen muss, eine dermaßen minderartige Schweinerei, dass es einen vor Grausen nur so umreißt? Dass ausgerechnet ein Jud mit seinen Ausschweifungen die Hofoper ins Defizit treibt und damit dem Wiener in sein ohnehin schon löchriges Säckel langt? Natürlich, das könnte ja schon wieder zum Lachen sein, wenn es nicht so grundtraurig und zum Verzweifeln wär. Aber so ist es nun einmal: Man bleibt, was man ist, und wird im Leben kein anderer mehr. Und da hilft auch die schönste Frau Wiens nichts oder der ergreifendste *Fidelio*. Nichts auf der Erde kann ewig gehen. Nichts unterm Himmel bleibt ungesehen.

Im Mai 1907 reichte er sein Demissionsgesuch ein. Der Kaiser erließ ein entsprechendes Dekret und stimmte den Forderungen nach einer Abfindung sowie einer Witwen- und Waisenrente für die Kinder zu. Das amerikanische Engagement war längst geregelt, die Verträge mit der Metropolitan Opera waren unterschrieben, die Reise gebucht. Zuvor ging es mit der Familie noch einmal an den See, es sollte ein freier, unbeschwerter Sommer werden. Als der Zug aus dem Wiener Westbahnhof fuhr, ließ er sich in die Polsterlehne zurückfallen. Eine Weile saß er bleich und still da, dann begann er zu lachen. Er lachte, bis ihm die Tränen kamen und seine Stimme wegbrach, und hörte erst wieder auf, als sie in Purkersdorf im Wienerwald Zwischenhalt machten. Er fühlte sich in diesem Moment so müde und leer wie nie zuvor in seinem Leben, und gleichzeitig hatte er das merkwürdige Gefühl, er könnte noch lange so weitermachen. Als nähme das Leben einen neuen Anlauf.

Das war zwei Wochen bevor Maria starb, und als er im Winter danach die *Kaiserin Auguste Victoria* bestieg, um den Atlantik in Richtung New York zu überqueren, brachte er es nicht über sich, auch nur ein einziges Mal zurückzublicken.

Vergebens versuchte er, sich an Einzelheiten jener ersten Schiffsreise zu erinnern, doch er fand kaum noch ein klares Bild. Er erinnerte sich nur an den Wind und die eisige Kälte. Einmal hatte er eine ganze Nacht ohne Hut und Handschuhe auf dem Vordeck gestanden und in die rauschende, nur hie und da von einem vagen Glitzern erhellte Dunkelheit geschaut. Dass ihn zwei Offiziersanwärter kurz vor Sonnenaufgang entdeckten, aus seiner Erstarrung rüttelten und in Decken gewickelt in seine Kabine brachten, hatte er nur noch mit stillem Erstaunen wahrgenommen.

»Wir sind noch lange nicht da, oder?«, hatte er gefragt, als sie ihn auf sein Bett legten und ihm die Schuhe auszogen.

»Noch lange nicht, Herr Direktor.«

Er hatte den Burschen seine steifgefrorene Hand entgegengestreckt, hatte sich bedankt und war eingeschlafen.

Das war alles. Der Rest war Konfusion. Die Schwebeteilchen seiner Erinnerung wirbelten durcheinander und setzten sich erst langsam wieder zum Bild des Hafens von New York zusammen, wo er erneut auf dem Vordeck stand, diesmal aber neben Alma und mit der kleinen Anna an der Hand, und sah, wie ein Trupp schwarzgesichtiger, mit Sägen und Hacken ausgerüsteter Dockarbeiter unter lautem Geschrei und Gelächter hölzerne Gerüste zerlegte.

Auf seiner Kiste auf dem Sonnendeck dachte Mahler in einem Anflug bösartiger Resignation an die Nichtigkeit des Lebens. Es war kaum mehr als ein kurzes Ausatmen, ein Hauch im Weltensturm, und doch liebte er das Leben so sehr, dass ihm die Traurigkeit über die Vergeblichkeit dieser Liebe das Herz zerreißen wollte.

»Es hätte alles anders kommen können. Wir hätten hinüber ans andere Ufer schwimmen sollen. In der Mitte umzukehren war ein Fehler. So etwas macht doch kein Mensch.«

Mahler redete gegen den Wind. Sein Kopf ruckte hoch, und er blinzelte im grellen Sonnenlicht. Er hatte zu wenig geschlafen in den letzten Wochen, und er hatte das Gefühl, die Müdigkeit und die Schmerzen sänken immer tiefer in ihn ein. Ich sollte mich nicht beklagen, dachte er. Ich bin müde, aber das sind andere auch. Und die Schmerzen waren schon schlimmer.

Die Wolke war verschwunden, der Himmel war weiß und leer. Mahler saß schräg gegen die Stahlwand gelehnt und versuchte es auszuhalten. Vom Unterdeck waren jetzt wieder Stimmen zu hören. Es wurde durcheinandergeredet, jemand lachte, dann war es wieder still, bis auf den Wind und das Rauschen des Meeres.

Plötzlich schossen ihm Tränen in die Augen und er schluchzte in seine offenen Hände hinein. Er dachte an die anderen, an ihre Gesichter und Stimmen und an seine Schuld.

»Ich hätte so gerne noch gelebt«, sagte er laut.

Dann kam er sich lächerlich vor, und er schämte sich. Dort hinten steht die Sonne, dachte er. Solange du sie noch sehen kannst, ist es nicht vorbei. Komm, geh ihr entgegen, wenigstens ein paar Schritte. Steh auf. Beweg dich. Das tut den Knochen gut, und dem Herz wird es schon nicht schaden.

Er beugte sich nach vorne und fing an, sich die Decke von den Beinen zu wickeln. Es ging schwerer als gedacht, der Junge hatte gute Arbeit geleistet, die Beine waren verpackt wie die Ballen kubanischer Tabakblätter, die die *Kaiserin Auguste Victoria* in einem ihrer kühltemperierten Frachträume mit sich geführt und bei deren Verladung er in New York von seiner Kabine aus zugesehen hatte.

Ihm wurde heiß, er spürte, wie ihm der Schweiß über den Rücken lief, während er mit beiden Händen an der Decke zerrte. Er richtete sich auf, ließ die Beine über die Containerkante hängen und schob sich langsam vorwärts, Zoll für Zoll, bis die Zehenspitzen den Boden berührten. Er ließ sich über die Kante gleiten und war für einen Augenblick erstaunt, dass er stand.

Es ginge leichter, wenn ich den Stock hätte, dachte er. Warum habe ich ihn in der Kabine gelassen? Er hatte sich den Stock in Toblach schnitzen lassen, von demselben Zimmermann, der die Fliegengitter so nachlässig vernagelt hatte. Den Stecken hatte er selbst aus dem Wald mitgebracht, der Mann musste ihn nur noch entrinden, glattschleifen, ins Ölbad legen und einen Griff aus beschlagenem Horn anbringen. Und diesmal machte er seine Arbeit gut. Der Stock lag angenehm schlank und schwer in der Hand, und seine Astlöcher sahen aus wie kleine Gesichter, die mit offenen Mündern aus dem Holz herausblickten. Er hatte ihn während seiner Reisen und Wanderungen stets mitgehabt, ohne ihn wirklich zu brauchen, er hatte ihn einfach nur gerne bei sich. Jetzt hätte ich dich gebraucht, dachte er. Aber jetzt hängst du dort unten an der Garderobe, und ich habe keine Ahnung, ob ich dich je wieder in die Hand kriege.

Hör auf, an den Stock zu denken, dachte er. Denk an dich. Geh langsam. Gib acht. So ist es gut. Er stützte sich mit einer Hand auf die Containerkante, dann ließ er los und bewegte sich ruckartig vorwärts. Die Reling befand sich in etwa zwei Metern Entfernung, und als er die Hälfte des Weges geschafft hatte, ließ er sich nach vorne kippen, packte den Handlauf mit beiden Händen und legte seinen Oberkörper gegen den Wind. Im Schiffsschatten konnte er genau die braunen und grünen Schlieren des Seetangs erkennen, die träge achteraus trieben.

Es ist voller Leben da unten, dachte er. Ganz anders als der Himmel. Oben ist alles leer und tot. Komisch, dass die Menschen sich ausgerechnet dort hinauf wünschen. Dann dachte er wieder an Alma und die Kleine. Ob sie schon fertig gefrühstückt hatten? Wie spät war es überhaupt? Die Sonne stand hoch, wie hoch konnte sie noch steigen im April? Natürlich waren sie längst fertig. Alma hatte die Kleine bei dem Mädchen gelassen und lag im Bett. Sie schlief nicht. Sie lag mit offenen Augen da und sah den Wellenspiegelungen an der Decke zu. Eine Hand auf dem Bauch, die andere in Kopfhöhe auf dem Kissen, ihre Finger spielten mit dem Seidenstoff. Was wirst du tun, dachte er. Du bist eine starke Frau. Nicht so stark, wie du denkst, aber stark genug. Das Geld wird reichen. Wer weiß, was noch kommt.

Ein Zittern ging durch seinen Körper. Seine Beine schmerzten und er konnte fühlen, wie sie an Kraft verloren. Alma hatte sich über seine Beine oft lustig gemacht, sie nannte sie Stängel und genau das waren sie auch.

Er versuchte, ein Bein zu entlasten, indem er das

Gewicht verlagerte, doch sofort spürte er einen rei-
ßenden Schmerz im Rücken und ließ es bleiben.

»Zittere nur, alter Mann«, sagte er. »Das Zittern
hält dich warm.«

Er würde sich halten. Er hatte genug Kraft in den
Armen, und seine Finger umschlossen fest den Handlauf. Er konnte noch lange so stehen.

Es kam ihm so vor, als würde der Tang jetzt schnel-
ler vorbeiziehen, aber das konnte auch Einbildung
sein. Nichts war sicher. Er dachte an den See. Manchmal, wenn die Kinder ihren Mittagsschlaf gehalten
hatten, war er alleine hinausgeschwommen. In der
Seemitte hatte er angehalten und war untergetaucht.
Im Sommer war das Wasser trübe und die Sicht kaum
weiter als ein paar Meter. Er hielt die Augen geschlossen und ließ sich unter Wasser treiben. Dabei konnte
er die Geräusche des Sees hören: das sanfte Rauschen
der Strömungen, das Sirren des Windes, der über
die Wasseroberfläche strich, und manchmal ein un-
erklärliches, dumpfes Wummern, das ihn erschreckte
und das sich wie eine ferne Detonation anhörte.

Nach Westen hin schien sich der Himmel zu be-
wölken. Grauer Dunst stieg auf und verdunkelte den
Horizont. Wann hatte es zum letzten Mal geregnet?
Er konnte sich nicht erinnern. Der Regen wird mir
guttun, dachte er. Der Mensch braucht süßes Wasser.
Das Salz zerfrisst einem die Lungen.

Ich sollte mir über so etwas keine Gedanken machen, dachte er. Es gibt keine Zeit mehr.

Er dachte an den letzten Sommer. Er hatte Alma auf dem Weg nach Toblach am Arm gepackt, um sie zur Rede zu stellen. Sie sah ihn an, und ein Schatten flog über ihre Stirn, dabei war der Tag wolkenlos und heiß.

»Es ist nicht wahr«, sagte er.

»Lass mich los«, sagte sie. »Du tust mir weh.«

Er ließ sie los, und für einen Augenblick standen sie sich schweigend gegenüber.

»Es ist nicht wahr«, sagte er noch einmal.

»Hör auf damit. Ich habe dir alles gesagt.«

»Das hast du nicht. Ich habe den Brief gelesen.«

»Es ist doch bloß ein Zettel voller Worte. Man liest immer, was man lesen möchte. Warum musstest du ihn auch lesen? Es war mein Brief. Du hättest deine Finger davon lassen sollen.«

»Er war an mich adressiert.«

»Es war ein Versehen. Das weißt du.«

»Dein Baumeister ist ein Idiot. Du bist die Geliebte eines Idioten.«

»Ich bin nicht seine Geliebte.«

»Was bist du dann?«

»Ich bin das, was du sehen könntest, wenn du mich einmal wirklich ansehen würdest.«

Ihre dunklen Augen standen weit offen. Es war ein

Ausdruck in ihnen, den er erst ein einziges Mal gesehen hatte, und er machte ihm Angst.

»Denkst du, es macht mir Spaß, so zu sein?«, sagte er. »Ich kenne mich selbst nicht mehr. Aber vielleicht bilde ich mir das nur ein, und ich habe mich nie wirklich gekannt. Ich bin eifersüchtig. Ich hasse dich. Und ich liebe dich. Du bist mein Licht.«

»Mein Gott, bist du dramatisch.«

»Ich bitte dich nur um eines. Lüg mich nicht mehr an. Erzähl mir von ihm. Sag mir, wie er ist.«

»Er ist ein Mensch. Er bewegt sich und spricht. Er atmet. An seinem Arm, gleich oberhalb des Ellbogens, hat er eine kleine Delle in den Muskeln. Ich bin nicht dahintergekommen, was es ist, und ich habe mich auch noch nicht zu fragen getraut.«

»Du Miststück!«, sagte er.

»Was willst du? Alles, woran ich einmal geglaubt habe, existiert nicht mehr. Vielleicht war es auch nie da. Dabei haben sie mich gewarnt. Er hat bloß seine Musik im Kopf. Er ist alt. Er hat den Veitstanz. Die jüdische Krankheit. Er zerbeißt sein Gewissen auf den Innenseiten seiner Wangen. Sieh ihn dir an. Es ist die Schuld der Herkunft. Aber ich habe nicht auf sie gehört. Ich wollte dich, du warst Gustav Mahler, das Genie, und ich habe mich in dich verliebt. In deine Hände. In deinen Mund. In deine idiotisch hohe Stirn. Es war ein Traum, und wir haben ihn eine Zeitlang gemeinsam geträumt. Aber jetzt bin ich aufgewacht.«

Für einen Moment dachte er, er könne es nicht länger ertragen. Alles in ihm spannte sich an. Er wäre gerne losgelaufen, sah sich selbst die Straße hinunterrennen, bis zur anderen Talseite, und immer weiter in die schwarzen, stillen Wälder hinein.

»Und die Kinder?«, sagte er endlich. »Haben wir die auch nur geträumt?«

»Eines davon ist tot.«

»Was willst du damit sagen?«

»Ich will damit sagen, dass eines unserer Kinder tot ist. Das ist alles.«

Mahler sah in ihr wütendes, trauriges Gesicht. Er dachte an Maria. Er sah sie auf dem Bett liegen, wie versteinert, die Wunde an ihrem Hals war von einem seidenen Kragentuch bedeckt, ihre Hände waren über dem Bauch gefaltet und schneeweiß. Er hatte kein Bild von ihrem Gesicht. An der Stelle, wo einst ihr Gesicht war, war nichts mehr.

»Wirst du ihn wiedersehen?«, fragte er unvermittelt.

»Und wenn es so wäre?«, sagte sie. »Ich bin eine Frau. Er ist ein Mann. So einfach ist das. Davon hast du natürlich keine Ahnung. Mit solchen Dingen beschäftigt sich ein Genie nicht. Damit will man nichts zu tun haben, wenn man immer nur nach dem Höchsten strebt. Aber es gibt kein Höchstes. Darüber ist immer noch irgendetwas. Ich weiß, was du jetzt sagen willst. Aber ich kann es nicht mehr hören. Ich habe es satt. Deine Launen. Deine Krankheiten. Dein Benehmen in Gesellschaft. Deine Wutausbrüche, deine Eifersucht, deinen grenzenlosen Egoismus. Ich habe mich in ein Kind verliebt, aber eine Frau braucht mehr als ein Kind an ihrer Seite!«

»Er ist ein Baumeister.«

»Er ist ein Mann. Und ich werde dir jetzt nicht im Einzelnen ausführen, was genau ihn zum Mann macht. Er liebt mich, er möchte sein Leben mit mir verbringen. Er meint es ernst. Er hat einen sanften, traurigen Blick, sogar wenn er lacht, und das tut er oft. Er rührt mich. Weißt du, wie sich das anfühlt? Es ist wie ein neues Leben.«

»Es gibt nur dieses eine Leben.«

»Ja, wahrscheinlich ist es so. Und deswegen werde ich es auch genauso leben, wie ich es möchte. Ich war dir immer eine gute Frau. So sagt man doch, oder? *Eine gute Frau*. Ich habe dich unterstützt. Ich habe an dich geglaubt. An deine Musik und den ganzen Zauber rundherum. Ich habe auf dich gewartet: zu Hause, im Theater, in Hotelzimmern. Ich habe immer nur gewartet.«

»Du bist meistens betrunken, wenn ich nach Hause komme.«

»Ich trinke abends ein oder zwei Gläser. Wenn es sein muss, auch mehr. Weil das Leben sonst nämlich unendlich leer und öde wäre. Erinnerst du dich an deine Versprechungen? Das Haus mit der blauen Tür und den drei Klavieren, eines davon nur für mich? Die Wiese mit den Himbeerstauden? Die Fahrten im offenen Automobil?«

Wieder sah er diesen Ausdruck, den er schon einmal gesehen hatte, und wie in einem verzerrtem Spiegel sah er sein eigenes Entsetzen in ihrem Gesicht.

»Verzeih mir«, sagte er, fiel plötzlich und hart auf die Knie und umfasste mit beiden Händen ihre Hüfte.

»Bitte, bitte verzeih mir!«

Almas ganzer Körper zitterte, sie legte ihre Hand auf seinen Kopf und machte gleichzeitig einen hilflosen Versuch zurückzuweichen.

»Steh auf«, sagte sie. »Bitte steh wieder auf!«

Mahler drückte sein Gesicht in ihren Bauch. Dann, langsam und mühevoll, öffnete er seine Finger, die sich in ihre Kleider gekrallt hatten, und stand auf.

Die Landschaft zitterte in der Mittagshitze. Über den Feldern zischten Lerchen und weit hinten zeichneten sich Kühe winzig und braun vor dem dunklen Grün der bewaldeten Hügel ab.

»Es tut mir leid«, sagte Alma, während sie auf die Stelle im Gras blickte, wo er eben noch gekniet hatte.

»Ich denke, ich sollte jetzt gehen«, sagte sie müde. »Man zerfließt ja in dieser Hitze.«

»Geh nicht«, sagte er. »Bitte, geh nicht.«

»Es wäre einfacher, wirklich. Ich bin erschöpft. Ich kann nicht mehr denken, und es tut alles so weh.«

»Wollen wir nicht zu dem kleinen Waldsee? Der Weg liegt im Schatten, wir könnten auch ein Fuhrwerk bestellen, wenn du möchtest. Ich kann mich nicht erinnern, dass wir beide jemals alleine schwimmen waren. Es ist still dort oben. Das Wasser ist angenehm kühl. Und es gibt Regenbogenlibellen. Du mochtest doch immer die Libellen.«

Sie schüttelte den Kopf, und er sah, dass sie weinte.

»Ich liebe dich«, sagte er.

Sie sagte nichts, schüttelte nur immer weiter den Kopf. Dabei hob sie ihre Hand und legte sie mit dem Rücken an ihre Stirn. Für einen Moment blieb sie so, als müsste sie etwas abwehren, dann drehte sie sich um und ging. Er sah, wie sie den Weg zum Hof zurücklief, bis sie in den Schatten der Marillenbäume, deren Äste schwer von den Früchten herabhingen, eintauchte und schließlich hinter dem Gebäude verschwand.

An der Reling stand Gustav Mahler schräg gegen den Wind gelehnt und versuchte sich zu erinnern, was danach geschehen war. Doch es war, als hätten sich mit Almas Gestalt unter den Obstbäumen auch die

Erinnerungen an die restlichen Stunden jenes heißen Sommertages aufgelöst. Damals war sie gegangen, und für einen Moment kam es ihm völlig unverständlich und geradezu unwirklich vor, dass sie immer noch da war. Dass sie jetzt gerade ein paar Stockwerke unter ihm saß und vielleicht sogar an ihn dachte oder sich zumindest Gedanken darüber machte, ob sie ihm ein Marmeladenbrot schmieren und hochschicken lassen sollte.

Wahrscheinlich hatte seine Krankheit sie gehalten. Sein Bitten und Flehen, seine Drohungen und Versprechungen, die Lächerlichkeit, der er sich ausgesetzt, und die Erniedrigungen, die er sich selbst zugefügt hatte – all das hätte nicht genügt, Alma am Gehen zu hindern. Nur die Ahnung des nahenden Todes hatte das vermocht.

Sie hatte recht gehabt. Er hatte sie nicht gesehen. Er hatte sie angesehen, wie man eine Vase betrachtet. Oder eine dieser weißen Samenflocken, die im Frühsommer über die Felder wehten und von denen sich manchmal eine ins Komponierhäuschen verirrte, wo sie eine Weile zitternd auf dem Klavier liegen blieb, ehe sie vom Windzug erfasst und zum Fenster hinausgetragen wurde. Und auch jetzt, wenn er die Augen schloss, hatte er kein klares Bild von ihr. Sie war zu einem Schemen geworden, und manchmal schien ihm, als träumte er sie nur noch. Er liebte sie, aber was hatte diese Liebe noch zu bedeuten? Was hatte es zu bedeuten, dass sie bei ihm geblieben war? Hatte sie sich für ihn entschieden? Oder wollte sie bloß einem alten Mann das Sterben erleichtern?

Hysterisch, dachte er. Hysterisch wie ein kleines Mädchen. Reiß dich zusammen. Es war ja ganz einfach: Ein Mann stirbt. Eine Frau lebt. Mehr gab es dazu nicht zu sagen. Was sie mit ihrem Leben anstellte, ging ihn nichts mehr an. Sie würde bei ihm bleiben bis zum Schluss, das war mehr, als er erwarten durfte. Letztendlich war er derjenige, der ging. Eine Zeitlang hatte er sich der Illusion hingegeben, sie würde den anderen vergessen. Doch selbst wenn es so wäre: Dann käme eben der Nächste an die Reihe. Alles Vergängliche ist nur ein Gleichnis. Es war zum Heulen.

Er musste an das Chaos in den Wochen danach denken. Die vielen Gespräche, die Zusammenbrüche, das Weinen am Küchentisch, die schrecklichen Träume, die Nächte, in denen er wie ein Geist an ihrem Bett gestanden und sie in ihrem Schlaf beobachtet hatte. Seine bis zum Wahnsinn gesteigerte Sehnsucht nach ihrem Körper, ihrem Blick, einer einzigen Berührung. Und schließlich der Baumeister, der die Unverfrorenheit besaß, in Toblach aufzutauchen. Eines Tages stand er schmal und grau unter der kleinen Brücke am Anger. Er sah weniger deutsch aus, als er ihn sich vorgestellt hatte. Ein gewöhnlicher junger

Mann in einem Zweireiher und einem viel zu großen Hut. Mahler nahm ihn mit auf den Hof, und während Alma und der Baumeister in der Küche redeten, kniete er zwei Zimmer weiter auf dem Boden und flehte Gott um Hilfe an, jenen Gott, der ihm seit so vielen Jahren kaum noch in den Sinn gekommen war.

Er erfuhr nie, was die beiden in der Küche gesprochen hatten. Nach einer halben Stunde kamen sie mit schneeweißen, erstarrten Gesichtern heraus wie ein vom Entsetzen geschlagenes Geschwisterpaar. Der Baumeister fuhr wieder ab, und als Mahler vom Fenster des Komponierhäuschens der Bahn nachblickte, deren weißer Dampf die blühenden Wiesenhänge einwölkte, hatte er für einen winzigen Augenblick das Gefühl, er sei gerettet.

Das war natürlich Unsinn. Der Andere war fürs Erste weg, doch es war, als ob seine schmale Gestalt immer noch einen Schatten warf, der das ganze Tal bis hinauf zu den karstigen Felsbrüchen verdunkelte.

Ende August erkrankte Mahler an einer Angina. Er hatte sich bei Anna mit einer harmlosen Erkältung angesteckt, die sich schnell zu einer schlimmen Halsentzündung auswuchs. In einer Fiebernacht wachte er auf und war sich plötzlich sicher, das letzte lebende Wesen im Haus und wahrscheinlich sogar in der ganzen Gegend zu sein. Er lag in der Dunkelheit und fühlte sich so verlassen und allein wie nie zuvor in seinem Leben. Als gegen Mitternacht der Mond in seinem Fenster erschien, sah er draußen im Baum zum ersten Mal den großen, weißen Vogel. Er wurde von einem Schwindel erfasst. Er meinte, das Bett wäre in ein langsames Schlingern geraten, und krallte sich mit beiden Händen in die Matratze, um sicher liegen zu bleiben. Der Vogel saß strahlend weiß im Mondlicht und rührte sich nicht. Nur einmal bauschten sich seine Federn, als würden sie von einem Windstoß erfasst. Mahler drehte sich ruckartig um, tastete im Bettschränkchen nach einer Kerze und zündete sie an. Er erstarrte, als sein eigener Schatten riesig an der Decke über ihm aufflackerte und sich dann langsam zu senken schien. Er schrie auf, und noch während er aus dem Zimmer stürzte, sah er aus den Augenwinkeln, wie der Vogel den Kopf drehte.

Alma fand ihn auf dem Boden vor ihrem Schlafzimmer. Er lag mit dem Gesicht an der Türschwelle und von der Kerze beschienen, die fast zur Gänze abgebrannt in einem Dielenspalt steckte. Er schien mit offenen Augen zu schlafen und brauchte lange, ehe er auf Almas Flehen und Rufen antwortete.

»Jetzt verbrenne ich«, sagte er.

Es war nicht die erste Fieberattacke, die er erlebt hatte, doch es war die erste, von der er sich nicht mehr vollständig erholte. Drei Tage und drei Nächte blieb er im Bett, während Alma ihm mit einem Teelöffel lauwarme Suppe einflößte. Manchmal, vor allem in den frühen Morgenstunden, legte er seinen Kopf in ihren Schoß. Dabei wimmerte er leise, während sie ihm mit geduldigen Fingern durch die Haare strich.

Am vierten Tag fühlte er sich besser. Er verschmähte die Suppe und verlangte frisches Brot und Milchkaffee. Nach dem Frühstück zog er seinen feinsten Sommeranzug an, verabschiedete sich von Alma und der Kleinen und machte sich auf den Weg nach Holland, um Professor Sigmund Freud zu treffen.

Jetzt, nicht einmal ein Jahr später, erinnerte er sich an diese Reise wie an ein Erlebnis aus einer anderen Zeit. Er blinzelte in den Wind, der mittlerweile in launischen, kalten Stößen wehte, und versuchte sich zu vergegenwärtigen, was der Professor ihm geraten hatte. Er hatte schon in den Wiener Zeiten überlegt, Freud zu kontaktieren, doch damals war sein Antrieb eher ein allgemeineres Interesse für die Psychoanalyse und deren sagenhafte Möglichkeiten und Auswüchse gewesen. Jetzt ging es um alles.

Sie hatten ein paarmal hin- und hertelegraphiert, schließlich hatte ihn der Professor in die kleine Stadt Leiden, wo er mit seiner Familie Urlaub machte, gebeten, und Mahler hatte während der zweitägigen Zugreise reichlich Zeit, darüber nachzudenken, wie er seine Not in Worte fassen könnte.

In einem Café tranken sie heiße Limonade mit

Honig, dann machten sie einen Spaziergang entlang der Rapenburg-Gracht. Mahler erinnerte sich an das ölige, flaschengrüne, unter den Brücken und im Schatten der Boote tiefschwarze Wasser. Es war mitten im Sommer, doch es roch schon nach Herbst, faulig und feucht. Das Gehen neben dem Professor war angenehm. Freud hatte keinerlei Probleme, mit seinem Tempo mitzuhalten. Er ging mit schnellen, kleinen Schritten, eine Hand auf dem Rücken, in der anderen einen nach trockenem Mist stinkenden Zigarrenstumpen, dessen fragile Glut er immer wieder aufs Neue entfachen musste. Mahler war überrascht, wie jung er aussah. Insgeheim hatte er erwartet, einen welken, fast greisenhaften Mann zu sehen, doch Freud war voller Spannkraft. Ein Mann in seinen besten Jahren.

Was hatte er dem Professor damals erzählt? Er hatte über Einsamkeit und über seine Mutter gesprochen. Die Mutter war klar. Aber warum Einsamkeit? Er war ein halbes Leben lang alleine gewesen, doch einsam hatte er sich nie gefühlt. Nicht einmal jetzt, da ein Teil von Almas Seele sich in Richtung Baumeister verflüchtigt hatte, fühlte er sich einsam. Er fühlte sich krank. Verwundet. Verzweifelt. Aber nicht einsam. In dieser Hinsicht war er tatsächlich ein kleines Kind. Einsamkeit war ein Gefühl, mit dem nur Erwachsene fertig werden konnten. Wer sich einsam fühlt, kann sich immer noch auf sich selbst besinnen. Die Welt dreht sich sozusagen um das eigene Ich. Er aber hatte dieses Stadium nie erreicht. Er war über den kindlichen Schrecken des Verlassenwerdens nicht hinausgewachsen. Gewissermaßen stand er immer noch wie verloren da und musste von irgendeinem grausamen Zauber gebannt vor seinem inneren Auge immer und immer wieder mitansehen, wie der Mensch, den er mehr liebte als alles andere in der Welt, sich im Schatten eines Marillenbaumes auflöste.

»Reden Sie keinen Unsinn«, hatte Freud gesagt. »Niemand löst sich einfach so auf. An Ihrer Persönlichkeit wurde vielleicht ein bisschen gerüttelt. Ansonsten sind Sie putzmunter und vor allem kein kleines Kind mehr.«

Der Spaziergang dauerte nicht einmal vier Stunden, danach gaben die beiden Männer einander die Hand und verabschiedeten sich.

»Ich gehe jetzt ins Warme«, sagte der Professor. »Abends wird es draußen ungemütlich. Das Land ist flach. Der Wind kommt vom Meer und bringt die Kälte mit sich.«

»Und die Feuchtigkeit«, sagte Mahler.

»Dabei ist es so ein schönes Land.«

»Ja. Sehr schön.«

»Wie lange werden Sie im Zug sitzen?«

»Zwei Tage«, sagte Mahler. »Eineinhalb, wenn es gut geht. Immerhin kann man arbeiten.«

»Ja, man kann arbeiten«, sagte Freud. »Grüßen Sie mir die Berge.«

»Das mache ich. Was bin ich schuldig?«

»Rechnen Sie es sich aus.«

»Verstehe. Es war gut, Sie kennengelernt zu haben.«

»Ganz meinerseits«, sagte Freud. »Und besorgen Sie sich einen Pullover. Es zieht in diesen Waggons, vor allem an den Fensterplätzen.«

So einfach ist es also, dachte Mahler, als er am nächsten Morgen im Zug saß und über die niederländische Ebene in Richtung Süden sauste. Die Arbeit und ein warmer Pullover. Aber was hatte er auch erwartet? Ein einziges Gespräch mit einem fremden Mann würde sein zerrissenes Herz nicht kitten. Was hatte der Professor gesagt? Hatte er überhaupt irgendetwas gesagt, außer der Sache mit der Mutter und ein paar Plattitüden zum Ende hin? Im Grunde genommen hatte ja nur er selbst geredet. Er hatte über tausend Kilometer zurückgelegt, schlaflos und mit einer brennenden Entzündung im Hals, nur um an einem Kanal entlangzugehen, ins Wasser zu schauen und einen vierstündigen Monolog zu halten.

Es gibt keine Hilfe, dachte er. Und es gibt keinen Trost, man ist alleine in dieser Welt.

Merkwürdigerweise ging es ihm gar nicht schlecht bei diesem Gedanken. Vielleicht lag in der Trostlosigkeit auch so etwas wie ein Glück der Erleichterung. Vorübergehend sicherlich, aber immerhin.

Mahler fröstelte. Freud hatte recht behalten. Wie schon bei der Hinfahrt zog ein eisiges Lüftchen durch den Waggon. Und er war müde. Die holländischen Hotelbetten waren selbst für seine Verhältnisse winzig, er hatte kaum geschlafen und wieder gefiebert. Er legte seine Stirn gegen das Fenster und blickte hinaus. Die Landschaft lag im frühen Morgenlicht. Noch leerer als die bis zum Horizont abgeernteten Felder war nur der weiße, weite Himmel. Es gibt keine Vögel mehr und keine Wolken, dachte er und schlief ein.

Ihre Frau erkundigt sich nach Ihrem Befinden. Sie möchte Sie dringlich bitten, hinunter ins Warme zu kommen.«

Mahler hatte den Jungen nicht kommen hören. Er hatte keine Mütze auf dem Kopf, der Wind hatte sein dünnes Haar zerzaust, sein Mund stand halb offen und er sah noch kindlicher aus als sonst.

Wer bringt dich abends ins Bett, dachte Mahler. Wer legt dir morgens die Hand auf die Stirn und flüstert dir ins Ohr, um dich zu wecken?

»Bist du auf Zehenspitzen gegangen?«, fragte er. »Das sollst du nicht. Ich möchte dich kommen hören. Ich liebe keine Überraschungen.«

»Bitte um Entschuldigung, ich bin gegangen wie immer.«

»Sag meiner Frau, mir ist warm genug. Sie soll warten.«

»Sie fragt, ob Sie nicht etwas essen wollen. Wenigstens eine Kleinigkeit. Sie sagt, Sie brauchen einen Boden für den Tag.«

»Sag ihr, ich habe keinen Hunger.«

»Sie sagt, wenn Sie nicht freiwillig kommen, wird sie Anordnungen erteilen.«

»Was für Anordnungen denn?«

»Das kann ich nicht sagen. Aber, mit Verlaub, Ihre Frau scheint recht resolut zu sein.«

»Wie kommst du denn darauf?«, fragte Mahler.

»Ich weiß nicht«, sagte der Junge. »Sie hat so etwas … Ich glaube, ich verstehe nichts von diesen Dingen.«

»Niemand versteht etwas von diesen Dingen. Und jetzt geh und sag ihr, ich bleibe noch ein bisschen. Es geht mir gut, mir ist nicht kalt, ich bin nicht hungrig, ich werde läuten.«

Der Junge nickte.

»Was gibt es noch?«, fragte Mahler. »Hast du nicht gehört?«

Das Gesicht des Jungen leuchtete in der Sonne, nur unterm Haaransatz an der Stirn war ein weißer Streifen von seiner Mütze. Er stand einfach da, den Blick auf Mahler geheftet, und rührte sich nicht.

»Hast du nicht gehört?«, wiederholte Mahler. »Ich möchte, dass du gehst!«

Ganz plötzlich war er wütend. Wegen Alma und ihrer alles bestimmenden Art, wegen seiner eigenen Schwäche und jedem einzelnen Menschen, der davon wusste. Er war wütend und gleichzeitig kam er sich hilflos und dumm vor angesichts dieses Jungen, der in seiner ganzen Sturheit vor ihm stand, die Hände zu rosigen Fäusten geballt und an die Hosennaht gepresst.

»Wenn Sie mich wegschicken, gehe ich«, sagte der Junge. »Aber Sie sollten nicht zu lange alleine bleiben. Und setzen Sie sich wieder. Das Metall heizt sich in der Sonne auf, das tut Ihnen gut.«

Mahler blickte dem Jungen direkt in sein rundes Kindergesicht. Er wollte ihm sagen, er solle sich zum Teufel scheren und einem anderen auf die Nerven gehen, doch der Junge sah ernst und traurig aus und Mahlers Wut verschwand genauso schnell, wie sie gekommen war.

»Du hast recht«, sagte er. »Ich lasse es noch eine Weile aufheizen, dann setze ich mich wieder.«

»Versprochen?«

»Versprochen. Und jetzt geh hinunter und sag ihnen, sie sollen mich in einer halben Stunde holen. Keine Minute früher.«

»Das mache ich«, sagte der Junge. »Sie können sich auf mich verlassen, Herr Direktor.«

Mahler blickte geradeaus übers Meer. Er liebte den weiten, freien Blick. Im Haus seiner Kindheit hatte es nur wenige, schmale Fenster gegeben, die alle auf die Straße hinausgingen. Gegenüber lagen die beiden Häuser des Landrichters und eine Fleischerei mit Schanklizenz. An den Schlachttagen wehte der Wind den Geruch von Blut in die Dachkammer, wo er an dem Klavier saß, dessen Pedale mit Holzklötzen verlängert waren, damit er sie mit seinen kurzen, strohhalmdünnen Beinen erreichte, und noch Jahre später, als längst erwachsener Mann, konnte er in seinen Träumen die Todesschreie der Schweine hören. Um in die Weite schauen zu können, musste er das staubige Städtchen verlassen, über einige Zäune klettern und hinaus in die Felder laufen. Er erinnerte sich, wie gerne er über die abgeernteten Äcker gegangen war, aus denen immer wieder lose Schwärme von Feldlerchen aufflatterten und eine Weile hoch über seinem Kopf durcheinanderzischten, ehe sie sich wieder fallen ließen und im Schatten der aufgebrochenen Schollen verschwanden. Er liebte die Einsamkeit dort draußen, der Raum um ihn schien grenzenlos und das Geräusch des Windes und die hellen Rufe der Lerchen waren ein Trost für den beständigen Lärm und das Gebrüll, dem er in der Schule oder inmitten seiner Geschwister ausgesetzt war. Er ging stundenlang in der Gegend umher, manchmal sah er, wie die Nacht über den Horizont stieg, dann musste er rennen, um rechtzeitig vor Einbruch der Dunkelheit nach Hause zu kommen.

Alma hatte nicht recht. Er war kein Kind. Den kleinen Jungen am Klavier und in den Feldern, den Sechsjährigen mit den traurigen Augen auf der Fotografie in der alten Wiener Wohnung gab es nicht mehr.

Mahler spürte, wie die *Amerika* unter seinen Füßen zitterte. Der Handlauf vibrierte. Das Meer lebt, dachte er. Man muss nur lang genug stillstehen, um es atmen zu fühlen.

Er dachte wieder an die erste Überfahrt, als er an Deck gestanden und stundenlang in die Ferne geblickt hatte, damals allerdings nicht in dicke Decken gewickelt und mit kalten Fingern an die Reling geklammert. Der Kapitän hatte ihm erzählt, dass man auf See niemals alleine sei. Selbst wenn man als Schiffbrüchiger auf einer Holzplanke mitten im Atlantik triebe, gäbe es um einen herum mehr Leben als in allen europäischen und amerikanischen Großstädten zusammen, hatte der Mann gesagt. Auch in den schwärzesten und kältesten Tiefen wimmele es nur so von Lebewesen, von denen man sich gar keine Vorstellung machen könne. Woher er das denn wissen wolle, hatte Mahler gefragt. Schließlich sei noch niemand dort unten gewesen. Der Kapitän hatte bloß mit den Schultern gezuckt. Es seien sogar schon sehr viele unten gewesen, nur lägen sie eben immer noch dort, den Schädel voller Muscheln, und könnten nichts mehr erzählen. Es sei in gewisser Weise wie mit Gott, hatte er hinzugefügt. Über den wisse man auch nichts und doch sei er unzweifelhaft da oder etwa nicht?

Damals hatte Mahler an der Vorstellung, über einen dunklen, von einer Unzahl merkwürdiger Lebewesen bevölkerten Raum zu treiben, nichts Tröstliches gefunden, egal ob auf einer Holzplanke oder in der Kaiserkabine eines viermotorigen Dampfers der Norddeutschen Lloyd AG. Doch heute bereitete ihm dieser Gedanke fast so etwas wie ein kleines Vergnügen. Alles war voller Leben. Selbst der Tod war nur eine Idee der Lebenden. Solange man ihn sich vorstellen konnte, war er noch nicht da.

Doch der Tod hatte sich angekündigt. Mahler dachte daran, wie er sich im September des vergangenen Jahres auf den Weg nach München gemacht hatte, um die Endproben zur Uraufführung seiner Achten Symphonie zu leiten. Diesmal saß er mit einem Wollpullover und einem dreifach um den Hals gewickelten Schal an dem zum Schutz gegen die Zugluft mit schweren Vorhängen verdeckten Fenster. Doch schon als der Zug linker Hand die Ausläufer der Tiroler Alpen passierte, begann er vor Kälte zu schlottern, während ihm gleichzeitig der Schweiß übers glühende Gesicht lief. In München angekommen, ließ er sich mit der Droschke ins Hotel Continental bringen, wo er einen ganzen Tag im Bett verbrachte und unter einer dicken Schicht Daunendecken versuchte, das Fieber aus seinem Körper zu schwitzen. Unten im Festsaal wurde das Geburtstagsjubiläum irgendeines Landadeligen gefeiert, und der Lärm der Musikkapelle drang über das Treppenhaus und durch die Flure. Mahler lauschte der Musik, dem erbärmlichen Tröten und Trommeln, während er zugleich versuchte, seinen durcheinanderwirbelnden Gedanken zu folgen, die sich allesamt um die Proben und das nahende Konzert drehten.

Die Uraufführung der Achten sollte Geschichte machen. Das war zumindest der Plan des Konzertagenten Emil Gutmann, der einige Jahre zuvor schon die Münchner Erstaufführung der Siebten Symphonie organisiert hatte – eine erfolgreiche, wenngleich auch überschaubare Veranstaltung mit verhältnismäßig kleiner Besetzung. Der Erfolg jenes Abends hatte in dem vor Ehrgeiz brennenden Impresario das Verlangen geweckt, weitere, noch viel größere Veranstaltungen auf die Beine zu stellen, und als man ihm im Rahmen der Münchner Ausstellung die Leitung des Musikfestes anvertraute, sollte Mahlers Achte der Abschluss und krönende Höhepunkt sein. Kein anderes Musikstück war monumental genug, um einer Unternehmung von so gewaltigen Ausmaßen, wie Gutmann sie vor Augen hatte, auch nur einigermaßen gerecht zu werden.

Schon Monate zuvor war die größte Halle auf dem Ausstellungsareal zu einem Konzertsaal aus Glas, Stahl und Eisenbeton umgebaut worden, der alles bisher Dagewesene in den Schatten stellte. Das Gebäude war höher und breiter als die *Kaiser Wilhelm II.* oder die *Amerika*, und als Mahler zum ersten Mal davorstand und zu den Blumengestecken hochblickte, die in schwindelnder Höhe die Balustraden schmückten, hatte er das Gefühl, es könne sich schon im nächsten Moment, begleitet vom ohrenbetäubenden Tuten eines Nebelhorns, vom Grund lösen und in Richtung Westen abdampfen; eine Vorstellung, die ihm angesichts der weißen Berge, die in der Ferne in den tiefblauen Himmel ragten, gleichermaßen wunderbar wie blödsinnig erschien.

Der Saal sollte Platz für viertausend Menschen bieten. Eine Aufgabe, die Architekten, Handwerker und Bühnenbildner an die Grenzen ihrer Möglichkeiten brachte. Um das hölzerne Knarren unter der Belastung von achttausend Lackschuhen und Absatzstiefeletten zu unterbinden, wurde das Parkett aus dem Boden gerissen und neuer Beton gegossen. Bis unters Dach wurden Tribünen, Treppen und Podeste aufgetürmt. In Leiterwagen wurden einzeln verpackte, mit Leinen und Seidenpapier umwickelte Schrauben, Ventile, Bälge, Pedale und Pfeifen herangekarrt und zu einer haushohen Orgel zusammengebaut. Davor mussten die Podien für Orchester und Chor wegen der Akustik und der Sichtachsen auf verschiedenen Ebenen aufgeschichtet und verschachtelt werden, schließlich sollte das Publikum ungehindert dem auf hundertachtzig Musiker aufgestockten Orchester, den acht Gesangssolisten, den fünfhundert Choristen und den über dreihundertfünfzig Kindern aus der Münchner Singschule lauschen können.

»Das Werk grenzt nicht nur an Größenwahn«, schrie es vom Titelblatt einer der großen Münchner Tageszeitungen. »Es will ihn auch noch übersteigen. Maßlos ist die Begierde, nach dem Höchsten zu streben. Am Ende stehen Triumph oder Niedergang, dazwischen ist nichts, kann nichts sein. Die Erzählung aber wird die Zeiten überdauern: So war sie denn, die Symphonie der Tausend!«

Gutmann hatte den Begriff »Symphonie der Tausend« schon Monate zuvor in die Welt gesetzt, um den Verkauf anzukurbeln und die Bedeutung des Konzertes ins Bewusstsein der Öffentlichkeit, insbesondere aber in das der Zeitungsredakteure einzuzementieren. Mahler fand das idiotisch. Als er in Toblach zum ersten Mal davon hörte, schlug er vor Wut mit beiden Fäusten so heftig auf die Tischplatte, dass Almas schönster Wasserkrug zu Boden fiel und mit einem dumpfen Knall zerplatzte. Ein paar Augenblicke lang starrte er auf das glitzernde Schlammassel zu seinen Füßen, dann lief er zum Postamt hinunter und kabelte nach München: »Was in Herrgottsnamen fällt Ihnen ein, so einen Affenzirkus zu veranstalten? Derartige Begrifflichkeiten sollten sich von ganz alleine verbieten. Meine Musik braucht kein Jahrmarktsgeschrei und schon gar nicht ein so hirnrissiges!«

Der Impresario versprach, den Ausdruck »Symphonie der Tausend« nie wieder in den Mund zu nehmen, was ihm nicht allzu schwer fiel, denn die Wirkung war bereits erreicht: Der Ansturm auf die Karten war enorm, die Halle bis auf den letzten Platz ausverkauft. Als sich die Tore schlossen und Mahler das Podium betrat, wurde es vollkommen still. Doch als knapp eine Stunde später der letzte Ton verklungen war und er den Taktstock sinken ließ, mit der Hand über sein nasses Gesicht wischte und sich dem Publikum zuwandte, erhob sich der einsetzende Applaus zu einem Tumult, der das vom Dunst tropfenfeuchte Dach erbeben und es auf die Köpfe und Schultern von dreitausend vor Begeisterung außer sich geratenen Menschen niederregnen ließ.

Ein halbes Jahr war seither vergangen, ein halbes Jahr wie ein halbes Leben. Doch der Triumph jenes Augenblicks war nun plötzlich so gegenwärtig, dass es Mahler vorkam, als hätte er immer noch den Beifall und die Hochrufe in den Ohren. Er dachte daran, wie er mit zitternden Knien auf dem Podium gestanden hatte, umringt und bedrängt von lachenden, weinenden, vor Freude und Bewunderung trunkenen Menschen. In der Menge hatte er Almas Gesicht gesucht, doch im Durcheinander aus Licht und Geschrei konnte er es nicht ausmachen. Er war alleine mit dem ganzen Glück.

Das Fieber hatte ihn wieder. Es war ein Stück heißes Eisen hinter der Stirn, von dort strahlte es überall in den Körper aus. Nur seine Finger klammerten sich kalt und starr um den Handlauf der Reling.

»Es gibt hier oben nichts zu holen«, sagte er laut. »Verschwinde, ich weiß, wer du bist.«

Für einen Moment hatte er gedacht, der weiße Vogel hocke wieder da, ein paar Meter hinter ihm.

Man kann sich auf nichts verlassen in dieser Welt, dachte er. Schon gar nicht auf sich selbst.

Das Fieber war hoch, doch er fühlte sich nicht schlecht. Es war leicht, so an die Reling gelehnt zu stehen, und wenn die Schmerzen gleichmäßig blieben, konnte er sie aushalten. Es ermunterte ihn, dass er sich so fühlte. Man konnte vieles ertragen, und die Reise verlief alles in allem erwartungsgemäß. Nein, das stimmte nicht. Er hatte keine Erwartungen gehabt. Es ging heimwärts, das war alles. Der Unterschied zu früheren Reisen war bloß, dass diese seine letzte sein würde. Aber nicht einmal das ließ sich mit Sicherheit sagen. Die Sicherheiten von einst waren nur noch Erzählungen. Sentimentale Trauerreden und Anekdoten. Kurz bevor er Alma in der Karlskirche den Ring angesteckt hatte, hatte sie ihm »für immer« ins Ohr geflüstert. Er hatte diese Worte gehört und nicht weiter hinterfragt. Er hatte mit demselben unerschütterlichen Bewusstsein an sie geglaubt, mit dem er auch als vierjähriger Judenbub an das Christkind oder den kohlenäugigen Belial geglaubt hatte. Glauben war in Wahrheit Wissen. Heute wusste er nichts mehr. Das Einzige, worauf er sich in gewisser Weise immer verlassen konnte, war sein Körper beziehungsweise dessen Zerfall. Der Bluthusten. Die Schmerzen und das Fieber. Die kalten Knochen. Das harte Pochen in den Schläfen. Das war die Realität. Draußen überall dieses unwirkliche, strahlende und heiße Licht und darunter, unter der Oberfläche, nichts als Vermutungen. Im Inneren seines Körpers fand die Wirklichkeit statt. Er hätte es aufschreiben sollen. Er hätte die Harmonien seines Körpers komponieren sollen. Und noch viel mehr die Disharmonien. Zu spät. Die Opern hatten ihm die Musik verhunzt. Er hatte zu wenig Musik gemacht in seinem Leben. In der Nacht nach dem Münchner Konzert hatte er noch etwas geschrieben. Gute Musik, nur wenige Noten, aber immerhin ein Anfang. Wieder einmal. Er hatte auf den Winter in New York gehofft. Es gab dort nicht mehr viel zu tun, und der Schnee in den Straßen dämpfte den Lärm. Er arbeitete gerne, wenn es schneite. Es gefiel ihm, wenn sich im Central Park der erste Schnee vollkommen lautlos aufs Herbstlaub senkte. Später wurde er grau von den vielen Kohlestäubchen in der Luft. Vielleicht hatte die Kohle alles beschleunigt. Die Ärzte hatten ihre Theorien. Alma mochte den Schnee nicht. Sie sagte, er ruiniere ihre Schuhe. Dabei hatte sie zwanzig Paar davon. Sie gingen abends durch den Park, die Schneeflocken verfingen sich in ihrem Haar und in ihrem Pelz, und danach gingen sie ins Bett. Aber es war nicht mehr dasselbe. Sie trank zu viel, und wenn er sie anfasste, war sie hart. Marmorhaut und Augen aus Glas. Es war nicht mehr dasselbe, und sie schliefen ein. Manchmal hatte er den Traum, sie zu beißen. Er träumte, er risse große Fleischstücke aus ihrem Körper und schlucke sie unzerkaut hinunter. Wenn er aufwachte, ekelte er sich vor sich selbst und seinen Träumen, dann ging er hinaus auf die Straßen, um in der Kälte Klarheit zu finden. Er sehnte sich nach Klarheit und Einfachheit. Die ersten Gedanken sind einfach, die letzten sind es auch. Nur dazwischen verliert sich alles. Wenn er zurückkam, lag sie da und sah aus wie ein Kind. Und er wusste, er hatte sich wieder geirrt. Das Leben war eine einzige Aneinanderreihung von Irrtümern. Doch sie lag hier im blauen Licht. Und der andere war weiß Gott wo.

Er dachte an den schmalen Mann mit dem viel zu großen Hut unter der Brücke. An den Schrecken in ihren Gesichtern, als sie aus dem Zimmer kamen, und an den Zug, in dem er aus dem Tal gedampft war. Und dann dachte er an die Züge, in denen er selbst gesessen, gearbeitet, geschlafen hatte. So viele Abfahrten und keine einzige Ankunft. Dabei waren die Zugfahrten angenehmer als die Schiffsreisen. Die Landschaften wechselten einander ab, man musste nur lange genug aus dem Fenster schauen. Das Meer blieb sich im Grunde immer gleich. Es veränderte zwar das Gesicht, aber nicht seinen Charakter. Das Meer ist eine Hure. Wer hat das gesagt? Hör auf damit, es trägt vierzigtausend Tonnen Stahl. Es ist eine Hure. Es ist schmutzig und kalt. Ich verstehe nicht, was der Junge an ihm findet. Er ist ein guter Junge, aber er wird daran verrecken. Das kann sein, aber so etwas kannst du nicht sagen. Wieso denn nicht? Darum geht es doch. Es geht um alles. Dafür gibt es keine Worte. Es gibt keine Worte für das Leben, keine für den Tod und keine für die Musik. Hör auf damit. Wo sollte das hinführen? Wenn er jetzt nicht aufpasste, drohte alles zu entgleiten. Das Fieber machte einen verrückt. Er musste seine ganze Konzentration aufbieten, um sich zurechtzufinden. Der Wind kam von allen Seiten. Die kalten Finger um das kalte Metall gekrallt, stemmte er sich vorsichtig hoch, um etwas Gewicht von den Beinen zu nehmen. Sie fühlten sich formlos und wacklig an. Doch er musste nur ein paarmal die Knie durchstrecken und die Zehen bewegen, dann ging es wieder.

Er blickte sich um. Er war allein.

Ehe es wieder nach New York gehen sollte, waren sie noch einmal nach Wien gefahren. Auch die Stadt war nicht mehr dieselbe. Er stand unter den Fenstern seiner alten Wohnung und versuchte sich vorzustellen, wie sie gelebt hatten. Er dachte an das Badezimmer mit den gekachelten Wänden und den vernickelten Armaturen über der Wanne. Im Winter pflegte Alma jeden Tag zu baden. Das halbe Hofoperngehalt ging für das Warmwasser dahin. Andererseits war da ihr Körper unter der Wasseroberfläche. Manchmal auch zusammen mit den Kindern. Erst mit einem Mädchen, dann mit beiden. Er konnte sich nicht erinnern, jemals etwas Schöneres gesehen zu haben als die weißen, weichen Körper im Wasser. Wie Meerestiere, ein Weibchen mit ihren beiden Jungen. Merkwürdig, dass ihm das erst jetzt wieder einfiel. Und der Koksofen, das Knistern in der Wohnzimmerecke. Hier hatte es begonnen. Der erste Bluthusten in Wien. Einmal hatte er seine Notenblätter mit Blut gesprenkelt. Ein Schriftsteller hätte das aufgegriffen, hätte die winzigen Spritzer sich wie zufällig auf den Notenzeilen zu einem brauchbaren Motiv anordnen lassen, zu einer wunderbaren Melodie, einem Aufbruch in einen neuen Satz oder so etwas. Aber er war kein Schriftsteller, er war Musiker und krank, und das Blut verschmierte ihm bloß die Arbeit. Es gibt keine Zufälle, dachte er. Alles ist entweder Arbeit oder Bestimmung. Das Gesetz der Fische hat hier oben keine Gültigkeit. Halt dich gerade. Es ist noch nicht Zeit. Sie kommen noch früh genug, und dann wird es sein wie immer. Jetzt war es jedenfalls gut, hier zu stehen.

»Ich sollte noch ein bisschen bleiben«, sagte er laut. Doch da hörte er seine eigene Stimme schon nicht mehr. Er merkte auch nicht, wie sich seine Finger lösten und er bei dem Versuch, sich etwas weiter über die Reling zu lehnen, zusammensackte und mit den Knien aufs Deck schlug, nur Sekunden ehe die Schritte der Männer die Treppe hochgepoltert kamen, ihre Stimmen, die harten, klaren Anweisungen des Deckoffiziers, die nach Teer riechenden Hände, die ihn packten, und die Arme, auf denen er fortgetragen wurde wie ein schlafendes Kind, während weit draußen das Wasser zu brodeln begann und sich nur einen Augenblick darauf ein Schwarm Fische erhob, silbern und flirrend und so gewaltig, dass er das ganze Meer in seinen Schatten zu legen schien.

Es regnete und es war schon dunkel. Den ganzen Tag hatte der Junge in den Docks Ölfässer und große Paletten mit Baumwolle verladen, und als er am Hafencafé ankam, war er müde und durchgefroren. Er setzte sich an einen Tisch beim Ofen, bestellte Kaffee mit heißer Milch und streifte die von Schmutz und Tran verkrusteten Schuhe ab. Es war ein namenloses Café, in dem sich die Dockarbeiter trafen, weil es ruhiger war als die umliegenden Hafenkneipen, wo sich die Seeleute betranken und wo es jeden Abend Streit und Schlägereien gab. Der Wirt war ein hagerer Deutscher mit einer schiefgeschlagenen Nase und ausgeblichenem flachsgelben Haar. Seitdem er den verrotteten Holzboden mit Beton ausgegossen, die vom Rauch geschwärzten Fenster ausgetauscht und die alten Petroleumleuchter durch moderne Glühlampen ersetzt hatte, wirkte das Café freundlich und hell. An den Tischen und an der Bar saßen Arbeiter mit schweren Schultern und blickten in ihre Gläser. Zwei Männer löffelten Eintopf, es roch nach Zwiebeln und angebranntem Speck. Der Junge streckte seine Beine unterm Tisch aus und bewegte die Zehen. Das Feuer im Ofen war heruntergebrannt, und er nahm zwei Holzscheite vom Stapel und schob sie ins Ofenloch. In der Wärme merkte er, wie müde er war. Er war fünfzehn Jahre alt und müde wie ein alter Mann. Doch der Kaffee war stark und süß, und es war angenehm, in die Glut zu schauen und mit dem Schürhaken in der Asche zu stochern.

Sein Blick fiel auf den Stoß alter Zeitungen, die der Wirt zum Feuermachen sammelte. Ganz oben lag eine Ausgabe des *Brooklyn Citizen*. Auf dem Titelblatt war das Foto eines Mannes zu sehen. Obwohl dem Jungen das Gesicht wie eine Erscheinung aus einer anderen Welt vorkam, erkannte er sofort den kleinen, in Decken gewickelten Mann vom Sonnendeck der *Amerika*. Ein langer Sommer lag zwischen dem heutigen Tag und seiner ersten und letzten Fahrt als lächerlich fein gekleideter Schiffsjunge. Als er in Cherbourg die Uniform abgelegt und sie gebürstet und gestärkt an den Ausbildungsoffizier zurückgegeben hatte, war er sich zum ersten Mal in seinem Leben frei vorgekommen. Er hatte auf mehreren Schiffen angeheuert, darunter zwei Turbinendampfer und einer der letzten großen Dreimastklipper, er hatte Decks geschrubbt, Kohle geschaufelt, Kartoffeln geschält und bei der Netzflickerei geholfen. Als er Ende des Sommers mit einer Lebendfracht norddeutscher Schweine in New York ankam, waren seine einstigen Kinderhände rissig und hart wie die eines alten Reepschlägers. Da er außerdem seit einiger Zeit ein merkwürdiges, beständiges Schwanken in sich gefühlt hatte, das ihn auch während der Nacht nicht verließ, beschloss er, sein Auskommen für eine Weile auf dem festen Boden der Docks zu finden.

Der Mann auf dem Foto war unzweifelhaft der Mann vom Sonnendeck. Doch er wirkte jünger und kräftiger. Sein Blick war leicht nach oben gerichtet und hatte etwas Stechendes. Der Junge nahm die Zeitung und ging zum Tresen, hinter dem der Deutsche stand und mit einem Holzlöffel in seinem Eintopf rührte. »Entschuldigung«, sagte der Junge.

Der Deutsche hielt seine Nase über den Topf und schnupperte daran. Dann nahm er ihn vom Feuer, wischte sich mit dem Zipfel seiner Schürze übers Gesicht und wandte sich dem Jungen zu.

»Was gibt's?«

»Könnten Sie mir sagen, was hier steht?«, sagte der Junge und legte die Zeitung auf den Tresen.

»Die ist fünf Monate alt«, sagte der Wirt.

»Das macht nichts«, sagte der Junge. »Für mich ist sie gut.«

»Warum liest du sie nicht selbst?«

»Ich kann kein Englisch.«

»Dann solltest du es lernen. Ohne Sprache ist der Mensch nichts.«

»Ja«, sagte der Junge. »Lesen Sie jetzt, bitte.«

Der Wirt strich mit seinen großen Händen die Zeitung glatt, beugte sich hinunter und kniff die Augen zusammen. Nach einer Weile richtete er sich wieder auf und sah dem Jungen ins Gesicht.

»Der Mann ist tot«, sagte er.

»Hab ich mir gedacht«, sagte der Junge und nickte.

»Sein Herz hat nicht mehr mitgemacht.«

»Ja«, sagte der Junge leise.

»Kanntest du ihn?«, fragte der Wirt.

»Nein«, sagte der Junge. »Nur ein bisschen.«

Der Wirt sah den Jungen misstrauisch an, dann senkte er seinen Blick wieder in die Zeitung.

»Das Begräbnis fand am zweiundzwanzigsten Mai statt. Es waren eine ganze Menge Leute da. Viele Berühmtheiten. Seine Frau war nicht dabei. Es hat geregnet und der Wind hat die Blüten von den Bäumen geweht.«

»Das muss schön ausgesehen haben.«

»Hier steht, er hat Musik gemacht. Er war ein richtiger Musiker, dein Mann.«

»Er war ein Direktor.«

»Das steht hier nicht.«

»Er war aber einer«, sagte der Junge mit Bestimmtheit.

»Mag sein«, sagte der Wirt. »Nun ist er tot. Er ist beim Herrn oder sonst irgendwo. Da lässt sich nichts machen.«

»Ja«, sagte der Junge. »Da lässt sich nichts machen.«

Der Wirt faltete die Zeitung zusammen und schob sie über den Tresen. »Die kannst du mitnehmen«, sagte er. »Ich schenke sie dir.«

Der Junge schüttelte den Kopf, er rührte die Zeitung nicht an.

»Es ist eine Schande«, sagte der Wirt. »Dass es immer so gehen muss auf dieser gottverfluchten Welt.«

Draußen auf der Straße regnete es immer noch. Ein kalter, grauer, unaufhörlicher Herbstregen. Der Junge ging an den großen Lagerhallen entlang zu der Unterkunft, die er sich mit vierzig anderen Arbeitern teilte. Im Dunkeln begegneten ihm Männer mit hochgeschlagenen Kragen auf dem Weg zur Kneipe oder zu ihren Schlafstätten. Unter einem Vordach blieb er stehen und lauschte eine Weile dem Prasseln des Regens. Er dachte an den Mann auf dem Sonnendeck. Er hatte ihn fast schon vergessen, und jetzt war er tot. Er hätte gerne seine Musik gehört. Sicher hatte sie nichts mit der Musik zu tun, die er kannte, mit den kreischenden Geigen in den Hafenkneipen oder den verquetschten Tönen aus dem Akkordeon des Maschinisten, mit dem er zweimal die Ostsee überquert hatte. Die Musik des toten Mannes war etwas anderes. Er stellte sie sich als etwas Großes, Unberechenbares vor. Es ist ein Jammer, dachte er, dass sie nun für immer verloren ist.

Die Straße war jetzt menschenleer, und der Junge machte sich wieder auf den Weg. Im strömenden Regen begann er zu rennen, er hörte das Klatschen seiner Schritte auf dem nassen Pflaster und freute sich auf die Wärme in der Baracke. Er würde sich ins Bett legen, mit dem Gesicht im Spalt zwischen Matratze und Wand, und sich seinen Träumen überlassen. Spätestens am Morgen würde es aufhören zu regnen, der Tag würde bestimmt kühl und hell. Und das war gut, denn es war Zeit zu gehen.